九月と七月の姉妹

デイジー・ジョンソン
市田泉／訳

東京創元社

九月と七月の姉妹

わたしの姉妹、ポリー、キラン、サルヴァト、ジェスへ
わたしの兄弟、ジェイクとトムへ

姉さんはブラックホール。

姉さんは大竜巻（トルネード）。

姉さんは行き止まり、姉さんは施錠したドア、姉さんは闇夜の鉄砲。

姉さんはわたしを待っている。

姉さんは倒れてくる木。

姉さんは煉瓦（れんが）で塞（ふさ）いだ窓。

姉さんは鳥の叉骨（さこつ）、姉さんは夜行列車、姉さんはポテトチップの最後の一袋、姉さんは長い朝寝。

姉さんは火事になった森。

姉さんは沈んでいく船。

姉さんは通りのいちばん奥の家。

第一部

セプテンバーとジュライ

一軒の家。野原のむこう、生垣（いけがき）ごしにその断片。薄汚れた白、煉瓦（れんが）の壁に埋もれた窓。後部座席で手をつないで、サンルーフから光の矢。わたしたち二人、肩を寄せ合い、同じ空気を吸っている。国の背骨を北上してきた長い道のり、バーミンガムの環状道路をかすめ、ノッティンガム、シェフィールド、リーズを越え、ペナイン山脈を抜けてきた。これはわたしたちがとり憑（つ）かれている年。え、何？　これはいつもと同じように、わたしたちが友人を持たず、お互いにだけ必要とされている年。これはわたしたちが雨の中、古いテニスコートのそばで、あの子たちが来るのを待っていた年。ラジオの声。〝南から暖かい空気が流れ込んで……ウィットビーの警察が……〟ハンドルをさっさっさっと操る母さんの手。ツバメみたいに飛び交うわたしたちの思い。車のボンネットは真ん中が弓なりに盛り上がっている。どこかあのへんに海がある。羽根布団を二人の頭の上までひっぱり上げる。

これは何か別のことが恐怖の的となる年。

道路は徐々に遠ざかり、やがて視界の外へ消える。舗装した道から砂利道に入ったので、がたんがたんがたんと車が揺れる。母さんは泣いてるの？　わからない。訊いたほうがいいかな？　その問いには答えがなくて――どっちみち――家はもうそこにあり、引き返したり、もう一度やってみたり、何もかもやり直したりする時間はない。これはわたしたちが家である年。窓という窓に明りが灯り、扉はちゃんと閉まろうとしない。わたしたちのどちらかがしゃべると、二人ともその言葉が舌の上を過ぎるのを感じる。どちらかが食べると、二人とも食べ物が喉を下りていくのを感じる。お腹を切り開いたら、二人が臓器を共有していたとしても、わたしたちは驚かないだろう。一人の肺が二人のために呼吸していたとしても、一つの心臓が熱を帯びた二重の鼓動を打っていたとしても。

ジュライ

1

さあ着いた。ほらここに。

これがわたしたちのめざしていた家。この家にたどり着くためにわたしたちは出発した。ノース・ヨーク・ムーアズの片隅で浜に乗り上げたように建ち、海からは少ししか離れていない。わたしたちの唇はポテトチップの塩をなめたせいでしわが寄っていて、手足は重だるく、だんだん強くなる痛みでできている。溶けそうに熱いハンドル、道路の照り返し。出発してから何時間も、後部座席に押し込まれていた。車に乗りながら母さんは言った。夜になる前にあっちに着こう。そのあとは長い沈黙。わたしたちは母さんが言いそうなことを想像する。こうなったのはあんたたちのせい、とか、あんたたちがあんなことをしなかったら、町を出る必要はなかった、とか。母さんが言いたいのはもちろん、わたしたちが生まれてこなかったら、ということ。わたしたちがそもそも生まれてこなかったら。

わたしは両手をぎゅっと組む。何が不安なのかまだわからなくて、わかるのはただ、不安がすごく大きいということ。家は目の前にある。低いスレート塀のそばに子供みたいにうずくまっている。背後に広がる空っぽの羊用牧草地には古い糞があばたを作っていて、茨の繁みは人間くらいの高さがある。車のドアを押しあけると、よどんだ空気が吸い出されて新鮮な空気と混じり合う。肥料のにおい。生垣は伸び放題で、雑草がコンクリートを割って顔を出している。前庭は狭く、ガラクタがごろごろ転がっている。古い踏み鋤の刃、ビニール袋、割れた植木鉢、その中で死にかけている根っこの球。でこぼこした塀にセプテンバーが登り、バランスをとりながら歯を食いしばって、にやにや笑いのようなそうでないような顔をしている。家の窓を雨戸みたいに覆うのは、ガラスに映ったセプテンバーの体とその後ろのわたしの顔――眼窩が洞穴のようだ。もっと後ろでは母さんが疲れ果ててボンネットに寄りかかっている。

　家の白壁は、泥の手形が筋を引き、中央部分が横にひび割れてたるんで見える。拳の上にかぶせた手のように一階の上に二階が沈み込んでいる。一枚の壁のそばに足場の材料が積んであり、割れて落ちた屋根瓦が道の上で砕けている。わたしはセプテンバーの腕に手を伸ばしながら、その肌に歯を立てようかと考える――接触によって彼女の考えがわかるかどうか確かめるために。たまにわかることがあるのだ。すごくはっきりとではないが、ぼんやりしたざわめきが伝わってくる。母さんが二つの部屋のラジオをつけたら少しだけ音がずれていて、真ん中あたりの廊下にいると、木霊しているように聞こえるときと似ている。だけどセプテンバーは身をひるがえして逃げ、カササギのようにけたたましく笑う。

　ポケットの底のティッシュを探し当てて洟をかむ。太陽は沈みかけたところだが、むき出しの肩に当たる日差しはまだ焼けるように熱い。ポケットに咳止めドロップが入っていた。溶けかけて埃（ほこり）がついている。一つ口に放り込む。

家の壁には汚れに覆われた表札。ティッシュでぬぐうと書かれた文字が読めるようになる――〈セトルハウス〉。名前のついている家にはいままで住んだことがない。こんな外観の家にも住んだことがない。痛めつけられ、歪（ゆが）んで形が崩れ、どこもかしこも薄汚れている。セプテンバーの体がくるくる回る。彼女が倒れないように、もし倒れたとしても猫みたいに手をつけるように、わたしは素早く五回、目をつぶる。

母さんのほうをふり返る。もたれていた車から身を引きはがすところだ。体が重すぎて運びづらいように見える。学校であれが起きて以来、母さんはずっとこんな感じだ。ほとんどしゃべらないか、まったくしゃべらない。オックスフォードの家では夜になると、母さんが上の階で歩き回る音に耳を傾けた。わたしたちはたまにしか話しかけてもらえず、ろくに目も合わせてもらえない。いまの母さんは、見覚えのある体を持った別の人だ。わたしたちのところに戻ってきてほしい。母さんは爪先で庭の門をつついてあける。

門を入りながら、手伝ってと母さんは言う。鍵はカエルの下だってアーサが言ってた。

わたしたちはカエルを探す。地面は虫の働きでふかふかしている。ミミズがいるかと土を掘ったら、本当に手が触れてぎょっとする。ミミズはやわらかくて、ぐんにゃりしている。

なまけてちゃだめ、と母さんが言う。わたしたちは屈（かが）み込んで草の中を探し、やがてわたしの指先がそれにぶつかる。石でできたカエル、分厚い唇、つぶらな目、下生えにほとんど隠されている。母さんがそれをブーツの爪先で傾け、うめき声をあげる。鍵はそこにない。いつものこと、と母さんは言う。いつものこと。それから両方の拳を太腿（ふともも）に三度叩きつける。

遠くまで伸びる野原の先で、五月の雲が鋼（はがね）の色に変わり、不吉な感じに固まって盛り上がってきている。わたしは指さして言う、見て。

オーケイ。急いで。探して。

わたしたちはバッグ類をまとめて放り出し、空の植木鉢を持ち上げ、草やぶを蹴って回る。土に埋もれた硬貨が何枚か見つかる。家の横に行くと小径（こみち）と菜園がある。壁のそばに敷石が重ねてあり、草はちぎれて土に還り、金属の熊手が放り出されている。バーベキュー用のコンロだろうか、薄型煉瓦の囲いの中に灰の山が残っている。家の側面の壁は、コンクリート部分に貝殻が埋め込んである。地面は砂でざらつき、海中でなめらかになった小石がごろごろ転がっている。一枚の窓から中をのぞき込む。ガラスの先には、くすんだ壁と棚の輪郭——パントリーかもしれない。掌（てのひら）に唾を吐いて窓をこする。戸枠に四角く区切られたところが少し明るく、そのむこうにはぼんやりした影。ソファかテーブルだろうか。それと階段の一段目らしきもの。わたしのとなりでセプテンバーが顔を窓に押し当て、ガラスの上で両手を軽く握っている。学校の近くの〈ブーツ〉でわたしたちが万引きした香水の甘い香り。磨（みが）いていない彼女の歯のにおい。セプテンバーはこっちに向かって目をぎょろつかせ、舌を突き出してU字に丸め、わたしの腕をつねる。ガラスに映ったわたしの顔は、バランスが崩れていて正しくないように見える。頬は実際より長いし、目はパーキングメーターの硬貨投入口みたいに細い。

わたしは母さん似だ。というか、母さんの母さん――わたしたちが行ったことのないインドにいたおばあちゃん似だと母さんは言っている。セプテンバーはわたしや母さんには似ていない。わたしたちは父さんを覚えていないけれど、彼女はきっと父さんに似ているんだと思う。すべすべの髪、金色の産毛（うぶげ）が生えた柔らかい頬、雪国の動物みたいな淡い色の目。

父さんに関することはめったになかった。何年もかけてぽつりぽつりとわかってきた。口喧嘩抜きで教えてもらえることはめったになかった。父さんと会ったとき、母さんは二十三歳で、コペンハーゲンで休暇を過ごしていた。そのころ父さんはその町に住んでいて、三日間、母さんを町のあちこちへ追いかけていった。そういう人だったと母さんはわたしたちに言った。父さんの英語は完璧だったが――英国育ちだったのだ――母さんにデンマーク語で話しかけるのが好きで、母さんが理解できないのを楽しんでいた。そういう人でもあったのだ。父さんは亡くなった。どうやって死んだの、と四年間尋ね続けたら、母さんはとうとう教えてくれた。デヴォンのホテルのスイミングプールで溺死したそうだ。父さんが死んだのは母さんと別れたあとで、わたしたち三人は――セプテンバーは五歳そこそこ、わたしはもうちょっと下――別のところで暮らしていた。一年近くたって、ようやく父さんの妹が電話してきて、兄さんが亡くなったと告げた。わたしたちは父さんについて訊かないようになった。セプテンバーとわたしには父さんを説明する言葉がない。二人とも父さんのことを知らない。セプテンバーがいつか母さんに、父さんは〝絶叫バンドマン略奪ペテン師〟だったんだと言ったら、母さんは笑ってその通りだと答えたけれど、そのあと何時間か黙りこくって、わたしたちが何度か見たことのある表情をしていた。三、四年ごとのクリスマスに、父さんの妹のアーサおばさんが家を訪れ、セプテンバーとわたしはときどきおばさんから話を聞き出そうとするけど、おばさんは何も教えてくれない。おばさんはコンバーチブルを運転していて、うちにはせいぜい一日しかとどまらず、夜はうちではなくホテルに泊まる。髪はショートでブロンドだから、おばさんの後ろ姿をふいに見かけると、父さんに違いないと思うことがあった。ずっと行方不明だった父さん、母さんの悲しみとわたしたちの存在の原因。荒野（ムア）のこの家はおばさんのものだけど、彼女はそれを貸家にしていて、ここには住んでいない。わたしたちのように、ほかに行き場のない人間をこの家に詰め込んでいる。

　家の横を吹いてくる風が少し強くなる。わたしたちはもう一枚の窓を見つける。大きくはないが、きっちり閉まっていない感じで、押してみると内側に向かって開く。

　家の正面では母さんが、近くの野原から石を拾ってきて、いまにも扉の横の窓ガラスに投げつけようとしている。わたしは両手を上げて耳を覆う。血が血管をどくんどくんどくんと流れて、骨髄の中で警戒が高まり、喉をすーっと上ってくる。

　窓があいてた、とセプテンバーが叫ぶ。中に入れると思う。母さんは無表情な顔をこっちに向ける。口の端は下がり、皮膚（ひふ）に刻み込まれている。

　窓を抜けたところはパントリーだ。中に入ったときにはセプテンバーとわたしは手をつないでいる。窓の下には汚れたタイル張りの床、湿った壁との境目ではタイルが欠けている。木でできた棚。スープや豆の缶詰、変色したスパゲッティ二、三袋。何かのにおい。甘い香りに近くて、正体不明のにおいがうっすら混じっている。天井は低く、裸電球がわたしの頭のてっぺんに当たって揺れる。

セプテンバーは、興奮しているのをわたしに教えたいときの癖でハミングしている。彼女のハミングはなんでも伝えることができる。ねえ、どこにいるの／こっち来て／それやめて／ジュライを見てるといらいらする。わたしはこの家が怖くて、母さんが怒ってるのが怖くて、セプテンバーがいらいらするのが怖いのだと気がつく。ここには以前にも一度だけ来たことがあるけど、よく覚えていない。

あれ何？　わたしは言う。

あれって？

あのにおい。

さあね。ネズミの死骸とか？

やめてよ。

パントリーのドアから家の中の様子がのぞき込める。左手には玄関のドア、その横にも閉じたドアがある。バスルームに通じているのかもしれない。正面には階段、右手には別のドア、そしてわたしたちの目の前には居間が広がっている。この家の間取りはやけに不自然でわかりにくい――こんなふうにパントリーがじかに居間に続いているなんて。ずっと前から出しっぱなしの食べ物のようなにおいがして。そのにおいが居間にも漂っている。部屋の隅にはこんもりした得体の知れないもの、何かを折り畳んだものがある。わたしはセプテンバーの手をぎゅっと握る。わたしたちがここにいるなんてありえない、ここで暮らすなんてありえない。いちばん近くのテーブルにランプが載っていたので、そっちへ突進し、何かをテーブルから突き飛ばしてしまう。わたしのお腹の中はミツバチでいっぱいだ。ランプが甲高いブーンという音を立てて点灯する。

あそこには何もない、とセプテンバーが言う。心配しないで、ジュライ虫。

セプテンバーはスイッチをオンにして回る。どの照明も少し明るすぎる。電球が器具にちゃんと合ってないみたいに。焦げ臭いにおいがするので、深い鉢状のランプを一つのぞき込むと、クモの巣が敷き藁のように張って、ハエの死骸が底にいくつか転がっている。ソファとアームチェアにはすり切れたブランケットがかけてあり、コーヒーテーブルの上にはマグが二つ載っていて、テーブルの下には新聞が重ねてある。薪ストーブの上には木でできた炉棚、手前には汚れたラグ。小さな窓からわずかな光が入ってくる。天井は低くて梁が走っている。わたしたちの背がもう少し高かったら、屈まなくてはいけないだろう。階段の裏には空の本棚。さっきテーブルから落としたものが、半分ソファの下に隠れて床に転がっている。拾うと両手に土がつく。ガラスがぎざぎざに割れている。セプテンバーがわたしの腰に腕を回し、顎を肩に乗せる。

心配しないで、ほら、アリの飼育キットだよ。

わたしはそれを裏返す。セプテンバーの言うとおりだ。二枚のガラスを表裏に張った薄い箱に土がいっぱい入れてある。土の中にはトンネル、洞穴、小さな溝が掘られているが、わたしたちが箱を動かすとあちこちが崩れてしまう。

壊しちゃった、とわたしは言い、息苦しくて、うんざりして、逃げようのない気分になる——土の中で暮らし、口で穴を掘って無理やり進んでいくのはこんな気分だろう。

直せるよ、とセプテンバー。どっかにテープがあるでしょ。アリを見つけて中に入れよう。

ドアをトントンと叩く音、母さんがあけてと合図している。わたしは玄関に行って母さんを中に入れる。母さんは一週間寝ていないようなくたびれた顔だ。この冬は長く、クリスマスは最悪で、やがて起こることの気配がすでに漂い、春はそっと忍び寄ってきた。三月に学校で諍いがあった。使われていないテニスコートの水浸しの地面、わたしたちの素足についた泥、他人のもののようなわたしの両手。あれが起きたあと、わたしたちはオックスフォードに二か月とどまった。いまは五月で、嵐のかわりに熱気が訪れている。わたしは母さんの顔にさわりたい。昔、三人いっしょにダブルベッドに入ったときのように抱き締めてほしい。なのに母さんは口元をこわばらせ、手にしたバッグを床に放り出して、すでにわたしを押しのけて去ろうとしている。わたしも学校をやめたときからずっとくたびれている。日によっては、肩にぶら下がった第二の体を運んでいるような気分になる。そのことを母さんに話したい。母さんも同じだよ、とか、もっと楽になるようにしてあげる、とか言ってもらいたい。

わたしたちは母さんが階段を上るのを見つめる。セプテンバーが歯の隙間から口笛を吹いて母さんの名を呼ぶ——母さんをいらいらさせたいときのやり口だ——シーラと、静かな声で。

ほんの一瞬、母さんはためらった顔になり、引き返すようなそぶりを見せるが、またすぐ木の段をブーツで踏んで先へ進んでいく。片腕に羽根布団を抱え、反対の腕に仕事用のフォルダーを抱えている。母さんの足音に耳を傾けていると、やがてドアの閉まる音がする。母さんは以前も悲しそうだったが、こんなふうではなかった。いまのほうがもっと悪い。

　母さんはすごく怒ってる、とわたしは言う。セプテンバーの苛立ちがひどくなるのがわかる。

いつまでも怒ってたりしない、とセプテンバー。

いつまでも怒ってるかも。

ジュライにじゃないよ、とセプテンバーはわたしのおさげをひっぱり、わたしを涙ぐませる。

　家の正面からいちばん遠いドアは狭い台所に通じている。シンクの中には汚れのこびりついた天板、サイドボードにはパンの空き袋、そしてここにもマグカップ。壁には小さな窓がある。カウンターにじたばたとよじ登って掛け金を外したが、窓は開こうとしない。ペンキを塗って閉ざしてあるのだ。ついでに軟材の木枠に釘が打ち込んである。わたしは下におりる。冷蔵庫に黄色いメモ用紙――バースデーカードで見て知っているアーサおばさんの字だ――文字形マグネットのAとJで貼りつけてある。メモを読むのは立ち入りすぎのようだけど、それでも身を乗り出して読む。何かセプテンバーに見せてやれる秘密の言葉や情報がないかと思って。だけど書いてあるのはゴミの回収日の細かい決まり、裏口が開かないこと、火にくべてはいけないもののリスト。わたしを囲む台所は不潔きわまりなく、体がかゆくなってくる。蛇口(じゃぐち)をひねって水が冷たくなるまで出し、手をごしごし洗ったけれど、水さえべとつきに覆われてねっとりしているみたいだ。ドアのところからセプテンバーがわたしに向かって口笛を吹く、ちょっとした調べ、おかげで気をとり直せる。

大丈夫、ジュライ虫？

うん。

パントリーのとなりはバスルームで、バスタブと便器がある。セプテンバーがハロゲンライトをつける。つい最近まで、だれかがここにいたしるしが残っている。汚い洗面台には細長い石鹸（せっけん）のかけら、バスタブの中にはシャンプーボトルが二本落ちていて、床には化粧品みたいな汚れ。

これだれのかな。わたしは親指の爪で石鹸をつつき、すぐに気分が悪くなる。

知らない。おばさんから家を借りてた人でしょ。母さんがおばさんと電話してるのが聞こえた。わたしたちがここで暮らせるように、おばさんがその人を追い出したんだと思う。

わたしたち、いつまでここにいるんだろう。

なんでわたしに訊くの。セプテンバーがむっとした声で訊く。母さんがどうしてわたしたちを連れてこようと思ったのか、わたしにはわかんないよ。

だれかの垢（あか）、と言いながらわたしは洗面台に指を走らせる。セプテンバーはわたしをにらんでドアからさっさと出ていく。

長旅のあいだに歯がざらざらになっている。どこかのガソリンスタンドで買ったチーズと玉ねぎのサンドイッチのせいだ。歯ブラシを忘れてきたのをいきなり思い出す。古い家の洗面台の上に立てかけてあった。もうあの家に戻ることはない。セプテンバーに言おうと思って居間に戻るが、彼女は二階にいて、動き回る音が聞こえてくる。アリの飼育キットの中で土が少し動く。何かがそこをいま通り抜けたみたいに。暖かい空気が玄関ドアの下と煙突から入り込んでくる。白い壁に囲まれていると、自分の声が聞きたくなる。この部屋にはついさっきまでにぎやかだったような気配がある。できるだけそっとセプテンバーの名前を呼ぶが、それでも声が大きすぎる。自分の背後にこの家のすべての部屋があるのを感じる。家のあらゆる箇所といっぺんに向き合うことはできない。台所とパントリーをのぞき込むが、どちらも空っぽで、薄暗い照明のブーンという音だけが響いている。階段を二段ずつ駆け上がる。何かが後ろにいる、何かがすぐ後ろに。だけど階段を上りきってふり返ると、そこには何もいない。

狭い廊下は三つの部屋に通じている。いちばん手前の部屋は寝室で、片隅に二段ベッドが押し込んであり、それ以外の家具はない。以前はこの家に二段ベッドはなく、わたしたちは――わたしか――床に敷いたマットレスの上で寝た。覚えているものもあれば、以前とは違うところもある。セプテンバーの姿はない、と思った瞬間、ベッドの上の段から彼女が起き上がり、わたしに向かって笑い声をあげる。喉の血管が激しく脈を打つ。

どこ行ってたの？　わたしの声は高く、犬を呼ぶ口笛じみている。セプテンバーはしょっちゅう――二人とも幼かったころから――わたしを置き去りにして、好き勝手にどこかへ行ってしまう。

ここだよ、とセプテンバー。子供のころ寝てた部屋が見たかったの。ほら見て。彼女は手に使い古した双眼鏡を持っている。

それ何？

わかるでしょ。

いつか見つけた父さんの写真を思い出す。アーサおばさんの洒落（しゃれ）た車のグローブボックスに突っ込んであった。父さんは十歳くらいで、この双眼鏡を首にかけていた。おばさんはわたしたちのしていることを見ると、セプテンバーの手から写真をとり上げて言った——これのせいで、兄さんに腕を折られるところだった。

壁にはポスターを貼ってあった跡があり、ドアの上に時計がかかっている。二段ベッドはベンチのように幅が狭い。セプテンバーがはしごを素早く下りてきて大きく手をふる。ジャジャーン。

ときどき思い出せるような気がする——わたしたちがうんと小さくて、一つのベビーベッドで寝ていたころを。四つの手を頭の上でからめて、世界をまったく同じ視点から見ていた。そのころわたしはしゃべれなかったが、それでも二人はお互いを理解していたに違いない。いまもそんなふうならどんなにいいだろう。あるいは、わたしたちがもう少し大きくなったあのころのようなら——。あのころセプテンバーはよく、ベビーベッドの柵を乗り越えて反対側に落ち、ジュライも来てとわめき、そのうち母さんがやってきてセプテンバーを柵の中に戻すか、二人とも自分のベッドに連れていってくれ、するとわたしたちみんなの腕がからみ合い、母さんの胸がわたしたちの頬の下にあり、セプテンバーの目がわたしの目のすぐそばにあって、涙に濡れたまつ毛の一本一本が見えるほどだった。わたしはセプテンバーに訊く。あのころみたいならいいと思う？　いまでもあんなふうならいいと思う？　するとセプテンバーは言う。なんの話だかわからないよ、ジュライ。

わたしたちは母さんの部屋の閉じたドアの外にしゃがみ込むが、何も音は聞こえてこない。以前にもこんなことがあった、このドアごしに耳を澄ましたことが。母さんは寝ているのかもしれない。廊下の三枚目のドアをあける。衣類乾燥棚（エアリング・カバード）（温水タンクの熱を利用して衣類を乾かすための戸棚）だ。大容量の水タンクがあり、暖房や湯温の調節をするややこしいボタンがずらっと並んでいる。床にネズミ捕りがあるが、何もかかっていない。わたしたちはボタンをながめる。タンクの内部からお湯の沸く音が聞こえる。雨が屋根にパラパラと当たっている。よく耳を澄ませば、セプテンバーの掌を通じて、スローモーションみたいな彼女の考えが聞きとれそうな気がする。くすくす笑いのような言葉が。学校での最後の数週間が蘇ってくる。しょっちゅう雨が降って、側溝からあふれ出し、窓一面を濡らしていた。学校に行く途中、車の中からアナグマの死骸が見えた。ほかの女の子たちの顔も浮かんでくる。オックスフォードの家を出てここに来ることになった理由はただ一つだ。あの女の子たちを古いテニスコートに呼び出そう、思い知らせてやろう、少し怖がらせてやろうというのはセプテンバーの考えだったが、わたしたちがこうして〈セトルハウス〉にいるのは彼女のせいではない。そのことに責任があるのはただ一人だ。セプテンバーはボイラーに並んだボタンを適当につついている。まだ双眼鏡を首にかけていて、彼女の動きに合わせてそれが揺れている。壁の裏から牛が鳴くような音がする。

いまのそれ、いけなかったんじゃない？

足元で床がかすかにガタガタいう。

かもね、とセプテンバー。下に行こう、お腹空いた。

わたしたちは冷蔵庫をあさりに行くが、あされるようなものは何もない。パントリーのドアの脇にあった缶詰は何年も前に賞味期限が切れていて、だれかに叩き潰されたように歪んでいる。

ほかのことしよう、とセプテンバー。

横殴りの雨が窓に当たっている。わたしたちは居間の床に腹ばいになり、セプテンバーが二人の部屋の壁を何色に塗るか、どんなポスターを貼るかという話をする。わたしはぼんやりとしか聞いていない。居間にはさっき感じた気配が漂い、視界のすぐ外で何かが起きているみたいだ。セプテンバーが双眼鏡を顔に当てて周りをぐるっと見る。

わたしはパントリーの入口に行き、身を乗り出して明りのスイッチを手探りする。小さな部屋の中で電球が揺れ、こっちの壁とあっちの壁を交互に照らし、棚を浮き上がらせては影の中に沈めている。わたしはそれ以上パントリーに入りたくなくて、立ったまま缶詰を見ていく。と、電球がカチカチ音を立てて切れ、部屋はまた闇に包まれる。

セプテンバーが台所の冷凍庫でチキンパイを見つけたので、調理してみることにする。待っているあいだ、昔ダウンロードしたジャニュアリー・ハーグレイヴのインタビューをノートパソコンで見る。わたしは見ながら耳を澄ましている——母さんがわたしたちを許すために下りてくる音はしないかと。あらゆることについて、わたしたちを許すために。

ネットがつながらないとしたら、あしたはここにいるべきじゃない、とセプテンバーが言う。

パイをオーブンに入れておく時間が長すぎた。わたしはパイをゴミ箱の上に掲げ、セプテンバーがてっぺんの焦げをこそげ落としていく。

焼きすぎちゃった。

気にしないで。

だけど切ってみると中は生だった。わたしはピンクのまだらになった鶏肉をセプテンバーの開いた手に吐き出す。セプテンバーは味見もしない。わたしたちはパイをフォークで全部ゴミ箱に入れる。

わたしはもうパントリーに入りたくないが、セプテンバーはわたしに向かってため息をつき、闇の中に入っていって、へこんだ缶詰を腕いっぱいに抱えて戻ってくる。その中に桃の缶詰があって、賞味期限から一年しかたっていない。セプテンバーが包丁を缶に突き刺し、裂け目から汁を吸いなよと言って渡してくれる。いきなりお腹が空きすぎて眩暈（めまい）がする。セプテンバーの手から包丁をとって裂け目をえぐり、指が入るくらい広げて桃をひっぱり出し、丸のみにする。

少し食べる？

もうお腹空いてない、とセプテンバーは言う。

わたしたちはソファではなく床の上に座る。しばらく静けさが続く。桃缶の汁はざらついている。セプテンバーはダーシー・ルイスのアルバムをスマホで流す。二人とも歌詞は全部覚えている。

セプテンバーが背筋を伸ばして言う。わたしはここで生まれた。

どういう意味？

返事はない。煙突から冷気が這い下りてくる。一本の指のように。壁の中からボイラーの音。わたしは膝立ちになる。

どういうこと、ここで生まれたって。

そういうこと。わたしはここで生まれた。いつかの夜、あの本屋の友達と母さんが電話してるのを聞いたの。母さんは言ってた。ベッドはたぶんあのときのままなのって。

二人ともオックスフォードで生まれたと思ってた。

わたしもだよ。だけどそれはジュライだけ。わたしはこの家で生まれたの。

そのとき気がつく、二人が同じ場所で生まれたというのは、意味のあることだった。

十か月差、同じ病院、ひょっとすると同じベッド。一人がもう一人を追いかけて生まれてきた。セプテンバーとそれから——いっしょに生まれたと言ってもいいくらいすぐあとに——わたしが。

母さんはこの家が好きじゃない、とセプテンバー。

どうしてそう思うの。

ただわかるの。前にみんなでここに来たとき、母さんはこの家を嫌ってた。ここで過ごしたあの夏、覚えてるでしょ。母さんはあのときもこの家が嫌いだったし、いまでも好きじゃない。

そんなのわかるはずない。

セプテンバーは歯をむき出す。わかるよ。

どうやって。

ただわかるの。母さんの言ってたことから。

ほかに何を言ってた。

ここ以外に行く当てはないって。わたしがお腹にいたとき、母さんはアーサおばさんと父さんといっしょにここに来たの。それからもっとあと、母さんが落ち込んでたときに。セプテンバーはそう言って、天井の低い居間と、アリの飼育キットと、染みのついたコーヒーテーブルと、台所の入口を抱え込むように両腕を広げる。父さんはここで生まれて、わたしもここで生まれた。覚えてるの。

嘘をついているのか見極めようと、セプテンバーの顔をじっと見る。彼女はときどき、わたしに嘘をついて楽しんだり、こっちが嘘を見破れるか確かめようとしたりする。ときにはただ嘘をつけるからつくだけで、わたしには理由がよくわからない。わたしは桃の入っていた空き缶をゴミ箱に捨てる。夕方の光が薄れていく。

その後、半分眠りに落ちたとき——セプテンバーが耳元でささやく声、廊下のいちばん奥の部屋で母さんが泣く声。半分眠りに落ちたとき——わたしの顔の両側に押しつけられるセプテンバーの指。

2

眠りは重く、果てがなく、夢も訪れない。目を覚ますとカーテンの隙間から光が差している。寝返りを打ってまたうとうとする。眠りから抜け出しかけて、もがいてはまた眠りの底へ落ちていく。喉は砂みたいにからからだ。唾を何度も飲む。布団を体から引きはがす。戸枠の上の時計——十二時。一日の半分がもう過ぎてしまった。胸がひりひりして、目を落とすと胸骨のあたりに赤いあざがいくつもできている。セプテンバーは上の段にいない。わたしは台所に下りていき、顔を蛇口の下に突っ込んでがぶがぶと水を飲み、何か動く気配はないかとじっと耳を澄ます。

セプテンバー？　返事はない。

居間に入る。そこにあるのは昨夜の食べ残し、床に引き下ろされた枕、水を飲んだコップ、ソファの肘掛けに載っているノートパソコン。

セプテンバーはわたしの眠りの影だった。わたしたちは十歳か十一歳。わたしはよく、夢の中でドアをあけた冷蔵庫の光や、無理やりあけ放った窓からの冷気で目を覚ました。するとセプテンバーがわたしの後ろにいて、肩に手をかけ、ベッドに連れ戻してくれた。重い症状は一年間続いた。眠りと覚醒の継ぎ目は細くなった。何かが天井から下がっている夢から目を覚ますと、それはまだそこにあって、いまにも落ちてきそうだった。日々は夢の論理にあふれていた。わたしはよく、何かをなくしたと思い、そもそも持っていなかったものを何時間もいいかげんに探した。セプテンバーはいつもそばにいて、わたしが悲鳴をあげながら目覚めるとシーッと言って宥(なだ)め、謎めいたなくしものをいっしょに探してくれた。わたしは不安に囚われ、次第に確信するようになった。眠りというのは一つの国で、もしもわたしが扉をあけてその中に入っていったら、いいことはもう二度と起こらないのだ。なら何が起こるかというと、その予想はセプテンバーと関係があることが多かった。もしもわたしが眠ったら、セプテンバーがいなくなってしまう。もしもわたしが眠ったら、セプテンバーが感電したり、溺れたり、火に焼かれたり、生きながら埋葬されたりして死んでしまう――。わたしたちはインターネットにかじりついて、わたしの不安をなんとかとり除こうとした。生きながら埋葬されることへの不安は埋葬恐怖症(タフェフォビア)と呼ばれている。水への不安は水恐怖症(アクアフォビア)、感電への不安はショック恐怖症(ホーメフォビア)。わたしはできるだけ短時間で目を覚ますのが得意になった。夢は混乱、夢は沼地、夢は父さんが埋葬されたときの棺桶。一年が過ぎるころには、不安は自然に薄れてきて、わたしはまた眠れるようになった。わたしたちは役に立つ習慣を作り上げた。目が覚めたら足をお湯につけて夢を洗い流す。ベッドに入る前に髪をブラッシングする。

前回この家に来たのは、わたしが眠れなかった年だった。ひと夏を過ごすために訪れたのだ。母さんは具合が悪く、一日に薬を三錠飲み、たくさん眠っていた。その前の年に、二人の誕生日を混ぜ合わせて同じ日にするとセプテンバーが決めたから、わたしたちが何歳かというのは、実はたいした問題ではなかった。三人で海岸に出かけ、母さんはブランケットの上で眠り、セプテンバーとわたしは砂の城を作り、お互いを首まで砂に埋めた。ときどき母さんが海の中に入っていき、わたしが母さんのお腹に、セプテンバーが背中に抱きついて、三人で波に揺られ、泡を飲み、冷たさに悲鳴をあげた。ときにはいちばん近くの町へ車で出かけ、三人でフィッシュアンドチップスを、つんとくるお酢を、固まった塩を分け合った。この家にいるとき、母さんはセプテンバーの髪にレモン汁をすり込み、ますます白く輝くようにした。

セプテンバーとわたしは闇の中でゲームをした。光のない状態に目が慣れると、ものにぶつからずに家の中を歩き回れた——それが一つ目のゲーム。二つ目は〝セプテンバーは言う〟というゲームで、定番の遊びを真似てアレンジしたものだった。セプテンバーが指示する側、わたしが操り人形で、彼女の言うことをなんでも聞かなくてはいけない。〝セプテンバーは言う、頭で逆立ちして〟とか〝セプテンバーは言う、壁に油性ペンで名前を書いて〟とか言われたら、それをしなくてはいけない。〝頭で逆立ちして〟〝壁に油性ペンで名前を書いて〟と言われただけなら、それをしてはいけなくて、うっかりやったら命を一つなくしてしまう。そうやって遊ぶときはたいてい、わたしには命が五つあって、全部なくしたら何かが起こることになっていた。だけど起こることは毎回まちまちで、それは常に、その日のセプテンバーの気分によって決められた。本当のところ、大事なのは命でも勝ち負けでもなかった。大事なのはゲームをすることだった。

前回〈セトルハウス〉にいたときは、ほぼひっきりなしに〝セプテンバーは言う〟をやっていた。昼の光の中では、わたしがしなくてはいけないことは簡単だった。セプテンバーは言う、でんぐり返しして。セプテンバーは言う、寄り目になって。その場で後ろを向いて。ほら一回死んだ。日差しが弱くなるにつれて、やることは難しくなっていった。セプテンバーは言う、爪を切ってミルクに入れて。髪を全部切り落として。セプテンバーは言う、ベッドの下で一時間横になってて。走って道に出ていって。セプテンバーは言う、服を全部ゴミ箱に入れて窓の前に立って。この針をあんたの指に突き刺して。

楽しいゲームだった。ここにいるあいだずっとやっていたが、この家をあとにしたら、しっくりこなくなってやめてしまった。

母さんは具合のいい日もあれば悪い日もあった。二人とも兆（きざ）しを見分けるのに慣れてしまった。セプテンバーはよく、ママがいなくてあたしたち二人だけならいいのにと言っていたが、わたしは母さんが近くにいるとうれしかった、三人でいるとうれしかった。〈セトルハウス〉にいたとき、三人でいっしょに崖沿いを散歩できるとうれしかった。母さんは散歩の途中、目に入る草木の名前を教えてくれたり、書こうと思っている物語の筋を話してくれたりした。セプテンバーはわたしと二人きりでいるのがいちばん好きだったが、わたしは母さんを真ん中にして三人で手をつなぎ、腕をぶらぶらさせて歩くのが好きだった。

母さんの具合が悪い日、わたしたちは母さんの邪魔にならないようにした。母さんはときどき何かを探すように家の中を歩き回った。だけどある夜、わたしたちが遊んでいると、母さんが階下におりて玄関から出ていく音がした。窓から外を見ると、母さんは車に乗って出かけていった。そういうことは前にもあったから、戻ってくるとわかっていた。

セプテンバーは言う、家になったふりをして。そうセプテンバーが言った。

どうしたらいいかわからなかったが、座って両腕と両脚を伸ばし、背中を曲げて壁のつもりにし、両手を丸くして小さな円窓を作り、片腕をばたばたさせてドアが開いたり閉じたりするのを表した。口から笑いがこぼれた。

セプテンバーは言う、笑わないで。そうセプテンバーが言った。それからわたしの膝に乗り、家の壁に囲まれているみたいに、体にわたしの腕を巻きつけた。わたしは体が痺れてきたけど、二人で長いことそうしていた。そのうち家に脚が生えてセプテンバーから隠れようとし、彼女はそれを追いかけた。

暗くなったので、窓から母さんの車を探した。丘を越えてくるヘッドライトはないかと見張っていた。

あれは？　とわたし。

違うよ、とセプテンバー。

そのあと少しして——あれは？

違うよ、待って、ううん、あれでもない。

わたしたちは家の床を貫いて生えている木のふりをした。木には鳥がいて、壁の中にはネズミがいる。

ほらあの音、しばらくしてセプテンバーが言い、わたしたちは窓に走っていった。セプテンバーの言うとおり、ヘッドライトがこっちに向かっていた。四つの目玉が道や野原のあちこちを照らし出している。それが近づくのを見守ってから、自分たちの部屋のマットレスに行き、頭の上まで羽根布団を引き上げて息を殺した。ヘッドライトは四つあった。そのあと四つの足が階段を上り、わたしたちの部屋の前で立ち止まり、先へ進んで母さんの寝室に向かった。わたしたちは寝返りを打って床に下り、足音を忍ばせて廊下に出た。

母さんの部屋のドアの外で、お互いにシーッと言い合いながら、腹ばいになってしばらく聞き耳を立てていた。聞こえてくる音はすごく奇妙だった。存在すら知らなかった動物の声を聞いているようだった。お腹の下に冷たい床があって、膝がかゆくなってきた。まぶたは眠りと覚醒のあいだでぴくぴくしていたが、となりに目をやると、セプテンバーはまばたきもせず、ほとんど息もしていなかった。そのときまで何も知らなかったのに、次の瞬間すべてを知るなんてこと、どうしてあるのだろう。家が物音を受け止め、それを拡大し、トンネルを通すようにこちらへ伝えてきた。母さんの声が聞こえたような気がしたが、はっきりしなかった。別の女の人、わたしたちの知らない人だったかもしれない。男の人の声もした。

咳が喉にせり上がってきて口からこぼれた。セプテンバーがわたしの手をつかみ、二人とも立ち上がって寝室に駆け戻り、布団に入って身じろぎもせずに横たわった。

あくる日セプテンバーは、何もかもいままでとは違う感じだと言ったが、わたしにはそうなのかそうでないのかよくわからなかった。小さな変化じゃなくて大きな違いだとセプテンバーは言った。

居間の小さな窓から見える空は古ぼけた色で、窪(くぼ)みだらけの道がリボンのようにうねうねと延び、丘だか山だかが、ほかの丘の上に半分だけ見えている。波音が聞こえるような気がして、みんなで海に出かけたい気分になる。わたしの足ははだしで、床はひんやりして石みたいだ。わたしたちがオックスフォードにいて、母さんが上階の書斎で仕事をする音が絶え間なく聞こえ、セプテンバーが寝室の開いたドアのそばに立ち、起きて日蝕(にっしょく)を見る時間だよ、と言っているならいいのに。

母さんは夜中に下におりてきたに違いない。荷ほどきが始まっている。奥の隅にテレビがあり、よりぬきの本が壁のそばに重ねてある。買い物にも行ってきたみたいだ。パントリーに食べ物がある。セプテンバーなら黙示録の食事と呼びそうな食べ物。果物の缶詰と豆の缶詰が増えているし、ロングライフ牛乳もある。家はゆうべと違ってにぎやかな感じがしない。空っぽのように思える。寝ているあいだにわたし一人が見捨てられたみたいだ。台所のカウンターには新しい電球。包みから一つ出して握り締める。

セプテンバー？　家が周りでうめいて空気を吐き出す。わたしはパントリーの中をのぞき込む。一人で電球を替えたとセプテンバーに言おうと思いつき、古いのをねじって外すために手を伸ばす。だけど両手で包み込んだところで回すのをやめる。新しい電球を棚に置き、端から真ん中のほうへ寄せて、明りのスイッチを切ったか確かめにいく。バスルームから物音がして、一瞬気をとられたが、そのとき背後のパントリー内でガラスの割れるガシャンという音が聞こえる。居間から入る光で、新しい電球が床で粉々になっているのがどうにか見分けられる。ガラスの破片はわたしの足元のほうへちらばっている。パントリーのドアを閉めてバスルームに向かい、ドアを押しあける。恐怖に近いものがこめかみに噛みついている。セプテンバーがバスタブにつかって、髪をつやつやさせ、口から石鹼水をぴゅっと吹き出している。

どこにいたの？　とわたしは言う。少しやけになった声だ。呼んでたのに。電球を割っちゃった。

セプテンバーは両手でお湯の表面をあちこち叩いて床に水をはねかける。一年も眠ってたじゃない。

一年も寝たりしてない。わたしも入っていい？

もう出る、とセプテンバーは言い、足の親指に栓の鎖をかけてひっぱり上げる。お湯がゴボゴボと落ちていく。おかしなごちそう作って、何か見ようか。彼女はそう言ってバスタブから出てくる。

セプテンバーがわたしを置いてお風呂に入っていたせいで、とり残された気分になる。家にいたときはしょっちゅういっしょに入浴した。ノートパソコンを椅子の上に立てかけ、デヴィッド・アッテンボローの番組を見たり、『デザート・アイランド・ディスクス』（ゲストが無人島に持っていく音楽や本を選ぶラジオ番組）の古い回を聞いたりできるようにして。セプテンバーはお湯が熱々なのが好きで、そこにつかって冷たいものを食べるのが好きだ。ラズベリーリボンのアイスクリーム、棒からすぐ落ちるマグナムアイス。わたしは自分の体よりもセプテンバーの体のほうをよく知っている。自分の体を見下ろすと、そこにあるのはたいてい、当惑の大きなかたまりだ。鏡をのぞくと、彼女の顔じゃなくて自分の顔が見返してくるのにショックを受ける。セプテンバーの左足の土踏まずには、とぐろを巻いた蛇の形をした生まれつきのあざがある。セプテンバーの肌は陽を浴びるとあっというまに赤くなる。鎖骨からは長くて黒い毛が一本生えていて、わたしは抜きたくてたまらないけれど、永遠に伸ばし続けると彼女は言っている。いつも思うのだが、セプテンバーの体のほうが、わたしの体よりも理に適(かな)っている。わたしはセプテンバーにタオルを手渡す。彼女はオックスフォードにいたときより大きく見える――以前より体が場所を塞(ふさ)いでいるみたいだ。わたしはその腰をつつく。どうしてわたしを置いてお風呂に入ったの？

　さあね、そうしたかったんじゃない？

　セプテンバーが小箒(こぼうき)とちりとりで割れた電球を掃除し、二人で新しい電球をとりつけたあと、わたしたちは車から仮装用古着箱(ドレッシングアップ・ボックス)を持ってきて、中のドレスをあれこれ着てみる。口の周りに口紅でにっこり笑った大きな唇を描き、あちこちの窓にキスマークを残していく。わたしたちは溜め込み魔だ。ドレスの一部は肘に穴があいていたり、腋（わき）の下がぼろぼろにほつれていたり、裾に食べこぼしの染みがついていたりする。二人で交互に履いているお気に入りの靴は底がすり減っていまにも穴があきそうだ。わたしはレースの胸当てとシフォンの袖がついたドレスに決め、セプテンバーが箱をかき回すのを見ている。

そんなとこに突っ立って見てないで、とセプテンバー。

じゃ、どうしたらいい？

パントリー見てきて。

ひよこ豆とカットトマトと袋入りの米があるが料理はしたくない。電球は五分間、やけに明るく灯ったあとまた切れてしまう。わたしは闇の中で息を殺し、怖がらないようにする。階段に足音が聞こえたので、セプテンバーに電球と食べ物のことを話そうと居間に出ていく。母さんだ。汚れた髪を頭のてっぺんで一つに結んでいる。セントラルヒーティングは動いているのに、服をたくさん着込んでいる。パジャマには染みがつき、両手にはマグカップとお皿を持っている。わたしたちの顔を見なくてすむように、夜中に下におりてきて何か食べたのだ。そういうことなのだ。母さんは階段の途中で立ち止まってわたしを見てから、セプテンバーはどこかと顔を横に向ける。セプテンバーは箱をあさるのをやめてソファに座っているが、テレビから目を離そうともしない。

これ洗わないと、少し置いて母さんが言う。いっしょに台所に来る？

台所は三人でいるには狭すぎる。セプテンバーはカウンターの上に体をひっぱり上げてあたりをにらみつける。母さんはシンクに栓をして水を出す。その姿を見ていると、出版記念パーティの夜を思い出す。母さんは金のドレスを着て、ビロードのリボンがふくらはぎに巻きつく赤い靴を履いていた。頬はワインで赤くなっていて、腕をセプテンバーとわたしの肩に回していた。真夜中にはパブで靴を脱いでしまい、はだしで立って書店のだれかと話していた。セプテンバーがわたしの耳のそばに顔を近づけて言った——母さん、女神みたい。わたしたちはそのとき、母さんを心から愛してやまなかった——めったにないことだと思う。たいていの場合、母さんはただそこにいる。たいていの場合、わたしたちにとってただの母さんで、椅子やテーブルがそこにあるように部屋の中にいる。

　家が周りでぶつぶつ音を立てる。水は水道からちょろちょろと流れる。母さんはわたしたちと目を合わせない。食器を洗ってこちらへよこし、わたしはそれを拭いてセプテンバーに渡し、セプテンバーが食器棚に片付ける。わたしは母さんに言いたい——学校であったこと、二人とも悪かったと思ってる、心から思ってる。三人でいっしょに海岸に行ったり、夕飯を食べたりできないかな。セプテンバーにもそう言ってほしくて目を向けると、彼女は肩をすくめて口を開く。母さん——

　少し時間が必要なの、と母さんは言う。わたしはその言葉が静けさを破るのを感じる。その言葉が自分の腕と顔に当たるのを感じる。母さんはふきんを置いてわたしたちのほうを向く。いつだって愛してる、と母さんは言う。母さんに用があったら、呼びにくれればいい。だけど少し時間が必要なの。いい？

　わたしたちはうなずき、母さんは行ってしまう。


　わたしは新たな桃缶の汁を飲み、セプテンバーがバターであえたパスタを作ってくれたので、カウンターの上に座って食べる。セプテンバーは要らないと言っているが、わたしはまだお腹がぺこぺこだ。

　もっと何かないの？

　セプテンバーはチッと舌打ちするけれど、新しい缶詰に包丁をたたきつけてあけてくれる。今度は洋ナシだ。わたしは全部たいらげる。皮膚が骨に張りつきそうで、関節がこすれて痛いし、頬骨はきしんでいる。

　わたしたちはもう二十回も見たはずの『33』の一エピソードを見る。音を消してあるので、登場人物の口はぱくぱくするが声は聞こえない。これはわたしたちのお気に入りの連続ドラマだ。ジャニュアリー・ハーグレイヴ（大好きなディレクター）が初期に制作したもので、ハドリーとベルという苗字しかわからない二人の女性（一人は病理学者、一人は司書）が、遠い場所の奇妙な出来事を追いかけ、ふさわしくない相手と付き合い、一シーズンに二、三回死んでまた戻ってくる。ドラマに飽きたらネイチャー番組を見る。お気に入りはトカゲ、爬虫類、頭とお腹を上げて砂の上を横切るヘビ。肉を引き裂く殺しの場面も気に入っている。ガゼルを引き倒すライオンの群れ、木の上で枝に獲物をひっかけておく豹。わたしたちはアッテンボローの穏やかな声が好きだ。その声を聞いていると、番組内で起こることは何もかも彼がコントロールしていて、彼の許可がないと動物は動かないような気がする。動物たちは走って、止まって、泳いで、穴を掘って、さかんに食べて、死んでいく。わたしたちはソファにじっと座って、呼吸して、食べたものを消化して、ぞくぞくして、熱くなって、それからひやっとする。

退屈だよ、セプテンバーがわたしの腕をつねる。皮膚が一瞬だけ白くなる。

退屈するのは、周りを退屈させる人だけ。わたしが母さんの口真似をするとセプテンバーはもっと強くつねってから、わたしの肩の後ろを指す。

あれ、中身を入れよう。

彼女が指しているほうを見る。アリの飼育キットがテーブルの上のきのう置いた場所に載っている。

穴があいてるよ。

だから何？　どっかにテープがあるよ。ほら。ジュライは台所を探して。

わたしは探すふりをして抽斗(ひきだし)をあけたり閉めたりする。夜中に飼育キットのアリが外に出てきて、目を覚ますとシーツがびっしり覆われているところを想像してしまう。冷蔵庫の上に古い手紙の束といっしょに粘着テープが置いてある。それを持って立っていると、セプテンバーが入ってきて、手からとり上げる。

やりたくないの？

ううん。

楽しいよ。アリは自分で家を作るの。アリを潰すとフェロモンが出て、近くにいるほかのアリが攻撃モードになるって知ってた？

　セプテンバーは膝のあいだに飼育キットを挟んで床にしゃがみ、穴をテープで塞いだあと、中が見えるようにテープの端を切りとる。わたしは肌がかゆくなり、かかないように指を髪に差し込む。セプテンバーはテーブルの上に飼育キットを載せ、わたしの首にスカーフを巻きつけ、わたしの腕を母さんのコートの袖に突っ込み、わたしの足をドアの横で見つけたブーツに押し込む。雲はまだ雨を降らせず、空気は暖かで風も吹いていない。海水のにおいがする。わたしたちはドアの外にしゃがみ、葉を持ち上げたり土を押しのけたりしてアリを探す。わたしは甲虫(こうちゅう)一匹と、薄く固まったクモの巣を見つける。セプテンバーは壁の近くを探しながら、しゃがんだまま前へ跳ねていく。地面がアリに荒らされてるようだと彼女は言うけれど、二人とも一匹も見つけられない。セプテンバーがしきりに舌を鳴らし、探し続けろとわたしに口笛を吹く様子から、いらいらしているのがわかる。錆(さ)びた硬貨がまた二、三枚落ちていて、泥や積もった落ち葉のせいで指がぬるぬるする。家に入りたい、蛇口の下に手を差し出したい。でもセプテンバーが家に入るまでわたしも入れない。ずいぶん長いこと探したような気がする。セプテンバーはわたしがさっき見た甲虫を見つけてぶつくさ言い、すくい上げてキットの中に入れる。わたしたちは虫が走り回ってガラスにぶつかるのを見物する。

　これはアリじゃないよ。だいたい甲虫は穴なんか掘る？　わたしは言うが、セプテンバーは無言でまたわたしの腕をつねり、脚をふってブーツを脱ぐ。セプテンバーから怒りを向けられると、わたしは身の置きどころがない。

眩暈がして座らなくてはいけない。頭の中にちゃんとした文がいくつもあるのに、言おうとすると言葉は喉につかえ、頭がぐらぐらして、一言も口から出てこない。セプテンバーがわたしの額に熱い手を当て、わたしは目をつぶる。目をあけたときには彼女は離れたところにいるが、熱すぎる手の感触は肌に残っている。

セプテンバーは訊く——日蝕を覚えてる?

わたしたちは日蝕を見るために早起きした。母さんは朝食——スクランブルエッグ、近くの店で買ったパン——を用意してくれたあと、屋根裏部屋へ仕事をしにいってしまった。わたしたちは十一歳くらい。前の晩、注意深く寸法を測って穴のあいた箱を作っておいた。わたしはカッターナイフでけがをしてしまい、怖くて身動きもできずに立ちすくんだが、そのときセプテンバーがわざと同じことをして、笑いながら床に垂れた赤い血を見せた。

その日わたしは、人が差し出せる限りのものを彼女に約束した。

わたしたちは箱を持って歩道に出た。仕事に向かう人たちが歩いている。ほかの人たちは何が起きているのか気づいてもいないようだった。そんなふうに世界のありさまを知らずにいるなんて、とても信じられない。わたしたちはポーチに立って、黒い円が光を覆い隠すのを観察した。ぞくぞくするほど素敵な体験で、それから一週間、わたしは日蝕が自分の目を覆い、血に染み込んでくるのを夢に見た。

焼けそうだった、とセプテンバーが言い、わたしにはあの瞬間のことを言っているとわかる。お互いをけしかけ、息を殺して箱をどけ、上を見上げた瞬間。丸一日、わたしたちの視界の端にはあの稲妻が焼きつき、わたしはこう思っていた。二人でまったく同じものを見たのはあのときだけだった——いつもそんなふうならいいのに。

インターネットの工事をしに男がやってくる。ずり落ちそうなズボンを穿き、わたしたちのことがあまり好きではないみたいだ。パントリーのロングライフ牛乳を入れたお茶まで出してやったのに。男が作業をするあいだ、わたしたちは電話線のあたりをうろうろする。

どういう仕組みなの？　とセプテンバーが訊く。

どういう仕組みって、何が？　男はヤギみたいに尻が痩せていて、髪の生え際が後退している。ジャニュアリー・ハーグレイヴのドラマの登場人物に似ているとわたしは思い、セプテンバーはその考えを察知して鼻を鳴らす。ここではお互いの考えが聞こえやすいみたいだ。この家にいるせいだろうか。ここはわたしたちの父さんが生まれ、やがてセプテンバーが生まれた家で、部屋べやの音は、いままでに住んだどんな家ともまったく違っている。男は横目でわたしたちを見て、使っている道具をひょいとひっくり返す。

インターネット、とわたしは言い、セプテンバーは両手で口を押さえて笑う。

インターネットがどういう仕組みかって？　男は頭のおかしい人を見るような目でこっちを見る。

そう。

機器のあいだに無線を飛ばすんだろうな。それでいいか?

それ、嘘だと思う、とセプテンバーが言う。だけどわたしは答える——うん。

男は骨ばった腰に両手を当ててこっちをふり返る。どっちなんだ。いいのかよくないのか。

だいたいいい、とわたしは答える。


ルーターに問題がある。男は外に出てだれかと電話している。沈んだ太陽を背にして下を向いている。わたしたちは窓から男の様子をうかがったあと、男のカバンをひっかき回す。ケーブルと充電器をひっぱり出し、底に埋もれていたタブレットの画面をタップし、煙草の箱と保温水筒に入ったコーヒーのにおいを嗅ぐ。探っている途中、わたしは不安のあまり手が動かなくなり、セプテンバーがわたしの分まで探ってくれる。掘り返し、つつき回し、口の中で舌をさかんに鳴らしている。家の外で男の気配——でこぼこの地面を踏む足音がする。セプテンバーはふり返ってこっちを見上げ、何かをポケットに入れ、わたしを急き立てて台所に行き、冷蔵庫のドアを開いて二人で中をのぞき込む。男がわたしたちをじろじろ見る。

豆食べる? とセプテンバー。チーズはないけど、パントリーに豆ならあるよ。

いいや、男は言い、屈み込んでカバンの中に目を落とす。

わたしたちは男を横目で見ながら、ささやき合うように口を動かし、冷蔵庫をあけたり閉めたりする。男がこっちをうさんくさそうに見るのがわかり、わたしは視線をそらすが、セプテンバーは白い歯をむき出してにやっと笑う。男はだいたいのところこっちを無視しているので、二人とも退屈になり、ソファに座ってテレビでアッテンボローの番組を見始める。猿が油断のない目を水の上に出して森の中を泳いでいる。セプテンバーが盗ったのは必要ないものだったに違いない。そう思ってわたしはほっとする。そのうちセプテンバーがバスルームに行ってドアを閉め、水を流したので、トイレを使うふりをしているとわかる。男がまたカバンの上に屈み込み、ズボンがずり下がる。

　ここから何か盗ったか？

　わたしは舌を嚙む。

　聞こえなかったのか？　ここからケーブル盗ったか？

　かぶりをふる。

　さっき見たときはここにあったんだ、おいおい。男はもう立ち上がっている。いたずらはなしだ。いいか？　どこに置いた？　冷蔵庫か。うまくやったな。さてさて。

　男は台所に行って冷蔵庫をのぞき込む。セプテンバーがバスルームのドアをあける。盗ったりしてない、大声で言い、台所でぶつくさいう男の声をかき消す。盗ったりなんかしてないよ。

　なるほど。男は両手をズボンのポケットに突っ込み、こっちへ顎を向ける。うまくやったな。さあさあ。白状しろ。ネットが要るのか要らんのか。

　ネットが要るのか要らんのか、セプテンバーが言う。ぴんと背筋を伸ばし、指を鉤爪みたいに丸め、口を意地悪そうに引き結んでいる。

もうたくさんだ、男が言う。

もうたくさんだ、セプテンバーが言う。

男は頼み込むようにこっちに向かってまばたきする。わたしは何も言わない。男にはわかっていない。わたしに何を言ってほしいんだろう。

作業させてくれたら十分で終わるんだ。そしたらとっとと消えるよ。

そしたらとっとと消えるよ、セプテンバーが言う。

参ったな。

参ったな。

作業が終わるまで帰れんのだ、男は体の前で両手を広げる。

帰れんのだ、セプテンバーは言う。愉快そうににやにやしている。わたしは脇腹が締めつけられて吐きそうだ。男はそれ以上何も言わない。両手を開いて閉じ、何か言いかけたようだが口をつぐむ。沈黙が長すぎて不安になってくる。セプテンバーはまたバスルームにひっ込む。わたしは肩をすくめて謝罪を伝えようとする——そうしているのをセプテンバーに見られないうちに。男は外に出ていき、バンのドアをあける音がする。別のケーブルを探しているのだろう。

バスルームではセプテンバーが空のバスタブの中に座って、左右の縁から腕を垂らし、頭をそらしている。開いた目は色が淡く、虹彩と白目の区別がつかない。

どうしてあんなことしたの？　わたしは訊く。

べつにいいじゃない。

男が中に戻ってきて、部屋を歩き回っている音がする。わたしはセプテンバーといっしょに空っぽのバスタブに入る。二人して家の物音と、男がネットをつなぐ音に耳を傾ける。ときどきセプテンバーが身じろぎしたり、背筋を伸ばしたり、きょろきょろしたりすると、わたしは考える——戻っていってまた男をいじめるつもりだろうか、さっきみたいに追い詰めるつもりだろうか。だけどセプテンバーはバスタブの中にとどまり、栓についている鎖を指ではじいて揺らし、ときどきわたしに笑いかける。冗談でも言い合っているみたいに。少したって——長くはかからなかった——バンが道を去っていく音がする。

あいつ、気に入らなかった、セプテンバーが言う。こんなことで大騒ぎしないでよ。バスタブから飛び出し、歌いながら居間に入っていく。


とうとうＷｉＦｉが使えるようになり——あんなことがあったのに——セプテンバーはほっとして喜びの声をあげる。彼女は同時に五つのタブを開き、わたしたちはダーシー・ルイスのアルバムを聞きながら、周辺のグーグルマップを調べて、この前ここに来たとき、海岸はどのくらい遠くにあったか思い出そうとする。野原を越えて坂を下るルートがあり、下った先に海がある。

ここで学校に行くことになるのかな？　わたしは言う。わたしたちは頭を突き合わせてカーペットに寝そべり、パイルを少しずつひっこ抜いている。セプテンバーの頭は恐竜の頭みたいに骨ばっていて、髪は泥と煙のにおいがする。ネット工事の男とのあいだに起きたことは、二人とも忘れることにした。セプテンバーが話したがらないから、二度とそれについて話すことはない。

ならないと思う。

トラブルが起きない？

だれとのあいだに？

どう返事をしたらいいかわからない。テレビの見すぎで目がちくちくし、頭痛もしてくる。セプテンバーが、気持ちいいと呼ぶには少し強すぎる力で頭皮をマッサージしてくれる。二人ともテレビを見ながらノートパソコンもながめていて、おかげで頭痛はもっとひどくなる。わたしたちは画像検索で見つけた写真を使って、二、三のウェブサイトにプロフィールを登録している。よく架空の女の人のふりをして、大人の男を相手にメッセージを送ったり、受けとったりする。男たちが使う言葉、送ってくる写真を見て笑う声が母さんに聞こえないように手で口を押さえる。そして一日の終わりに、手品の種明かしよろしく正体を教える。わたしたちは未成年の女の子だよ、とか、おとり捜査している警官だよとセプテンバーが告げると、男たちはアカウントを削除したり、下劣なメッセージを送ってきたりする。そんなメッセージが来ると、セプテンバーはとりわけ大喜びする。そして同じくらい下劣な、ときにはもっとひどい返信を書く。彼女はいつもやりすぎるし、わたしは別のことを考えていても、見ているふりをしなくてはいけない。わたしたちが好きなのは、テレビ番組や映画に関する〈レディット〉のスレッド、登場人物やプロットについての議論。わたしたちが好きなのはウィキペディア——無限に蓄えられた知識、肥大する事実、真実の中に埋もれた誤りや偽り。去年の夏はコンピュータウィルスで頭がいっぱいになった。もぞもぞ動くしなやかな生き物がそっと群がってきたり侵入したりして、何か月も何年も気づかれずに潜んでいるのだ。掲示板の階層のかなり深いところに、ジャニュアリー・ハーグレイヴの新作映画の噂がある。わたしたちはそれを改めて読み、二件の投稿にもっと情報がほしいとコメントをつける。

外に行こうか?

一日中家の中にいるほうがいい、セプテンバーは言って、手首の骨がぽきっと鳴るくらい大きく伸びをする。そんなことを言うなんて彼女らしくない。オックスフォードでは彼女のほうが落ち着きがなかった。しょっちゅう川に泳ぎにいきたいとか、バスに乗って田舎に行きたいとか言っていた。

ここじゃ違うよ、とセプテンバーが言う。何かが違ってるの。頭をわたしの顔に寄せて息を吸う音を立て、それから耳にささやきかける。覚えてる?

何を?

雨のせいで薄暗かったテニスコートを思い出す。雨は一日中降り続き、生物の授業のあいだ天窓に騒々しく当たっていた。それから雨漏りする体育館の屋根、アナグマの死骸、わたしの先に立ってぬかるんだ森を抜けていく彼女のレインコートのフード。

〈セトルハウス〉で、わたしの顔は火照り、服の襟が詰まりすぎていて息苦しい。わたしは床から頭を上げる。部屋の遠い隅に、この家のミニチュアが浮かんでいる。精巧な作りのドールハウスみたいに前が開いている。どの部屋も臓器のようで、流れる血の下でかすかに震えている。寝室の一つでミニチュア版の母さんが肘のところにコーヒーを置き、製図板に向かって仕事をしている。二段ベッドは乱れたままで、わたしたちの着てみた服が上に投げ出してある。下の段にだれかがいる。わたしに似た髪をしただれかが。一階ではバスタブに茶色い泥水が満ちていて、いまにもあふれそうだ。セプテンバーが台所に立ち、開いた冷蔵庫のそばで顔に光を受け、セプテンバーはバスルームにもいて、セプテンバーはソファにも腰かけ、細い膝にノートパソコンを載せてディスプレイを見ながら目を動かし、セプテンバーは屋根の上にもしゃがんで、そこにしがみついている。

セプテンバーは口をこっちの耳に近づけて何か言っている。彼女の息がわたしの頭の中に吹き込まれる。

え、何？

なんでもない。いまどこにいたの？　とセプテンバー。

まばたきすると、まぶたの裏に家の残像――焼きついた日蝕みたいだ。いま何時？

さあね。四時かな。

電子レンジのデジタル時計を確かめる。八時十分前だ。窓の外は暗くなりかけているが、二人とも気づいていなかった。一日がどこかに吸い込まれ、時間が消え失せたように思える。わたしはまたお腹が空いているが、パントリーをのぞいても食べたいものは見当たらない。家の中はうだるほど暑く、ラジエーターに手を当てると火傷みたいな跡が残る。二人でどたどたと二階に上がってボイラーを調べると、燃焼の勢いが強くなっている。

これだと思う？　とセプテンバーは言うが、押せるボタンを片端から押し、あらゆるダイアルをひねっても何も変わらないようだ。さて、どうしようか？

わたしはかぶりをふる。壁の中をどくんどくんと流れる熱と調子を合わせて、頭がずきんずきんとうずいている。母さんの部屋のドアをノックして、出てきてもらいたいが、そうしようとは言わない、セプテンバーがそう言わないのなら。

頼んだって出てきてくれないよ、とセプテンバーが言う。いまはわたしたちといっしょにいたくないんだから。

3

オックスフォードでは以前からトラブルが起きていた。わたしにはわかっていた——ときどき自分がどこにいるのか忘れたり、大声で歌ったりしてしまうこと。ほかの女の子たち（それと何人かの男の子）が、わたしのそういうところを見て、弱さと考えていること。その子たちは何回か、バスでわたしのバッグをとって中からものを盗んだり、ランチのときにわたしの水のコップを倒したりした。トイレの個室にわたしの名前が書いてあったこともある。〝ジュライはフェラする。ジュライは生きてない〟いつだっていじめは下火になったり、彼女たちがもっと面白い標的を見つけたり、セプテンバーが絶対に許さないと相手に思い知らせたりした。そういう目に遭ったとき、どんな気持ちだったかよくわからない。学校にいたり、母さんとキッチンテーブルについていたりすると、わたしはよく、体から少しはみ出たような気分になり、何かをちゃんと見たりさわったりできなかった。セプテンバーがそばにいるときだけ、世界には色が戻ってきて、わたしは痛みを味わい、学校の調理室で作られているランチのにおいも嗅ぐことができた。セプテンバーはわたしをつなぎとめていた。世界にではなく、彼女自身に。

わたしはみんなを見るのが好きだった。わたしたちとはちっとも似ていないほかの子たち。とりわけ女の子たち。彼女たちの身のこなし。あの子たちは強引だけど強引すぎず、大胆だけど大胆すぎず、賢いけれど賢すぎず、わたしたちが遊び方を知らないゲームをやっていた。

長いあいだ、その子たちのことは無視していたが、新年になると事情が変わり、三月にはさらにひどい状況になっていた。天気の——悪天候のせいかもしれないし、試験が近かったせいかもしれない。わたしが何かしたせいかもしれないし、理由は特になかったのかもしれない。バスに乗ると、後ろの席であの子たちがぺちゃくちゃしゃべり、わたしの噂をしているのが聞こえて、セプテンバーがとなりで身を硬くする。教室ではあの子たちが固まって移動し、肩でわたしをあちこちへ押しのける。あの子たちの名前はカースティとジェニファーとリリーで、三人とも意地が悪かった。以前からずっと意地悪だったが、その週はあの子たちが過激になる理由、いじめがエスカレートする理由があった。

あの子たちをいつもとり巻き、廊下であの子たちについて回ったり、あの子たちのロッカーのそばでたむろしたりする男の子の一団があった。その中の一人――ライアン・ドライヴァー――はまつ毛が長く、頬を赤らめたようなそばかすがあり、リリーが何か言うと彼が笑い声をあげる様子に、わたしはいつもひどく気を落としていた。

あいつバカだよ、とセプテンバーは言い、そのことは話そうとしなかった。だけどわたしは彼が好きだった。そういうことだ。わたしはライアンが好きだった。自分の肌で、筋肉でそれを感じていた。ライアンがそばにいるとわたしは何も言えなくなった。彼の見た目やしゃべり方が好きだったし、体つきや声が好きだった。

リリーたち三人は、わたしのロッカーの金属板にペニスと乳房を彫り込んだ。廊下では鋭い声でわたしの名前を呼んではやし立てた。ロッカーからわたしの体操着を全部盗んで学校中にまき散らした。

わたしはそれを拾い集めながら、気にしないでと言った。

気にするよ、とセプテンバーはうなり、ときどきちょっとした仕返しをしていた。ドアから出るとき彼女たちを押しのけたり、教室の反対側からにらみつけたり。

夜になるとわたしたちは寝室で、拳を使ってコーヒー豆を押し潰し、ワンピースのスカート部分を細長く裂いてむき出しの腕に巻きつけ、髪と指を濡らして水を床板にぽたぽた垂らした。あいつらを呪ってるの、とセプテンバーは言った。彼女の髪は頭皮に張りつき、目は蠟燭(ろうそく)の炎でいっぱいだった。

ハイストリート沿いの店は、木曜日には遅くまで開いているので、わたしたちは母さんが出版記念パーティで着るドレスを求めてチャリティショップ巡りに出かけた。母さんはセプテンバーとわたしに挟まれて歩きながらおしゃべりしていた。外出のために唇を赤く塗り、寒さのせいで目が充血している。母さんは楽しそうで——大きな仕事が終わるといつもそうだった——わたしはちょっとの間、学校で起きていることを相談しようかと考えた。三人で通りに沿って歩き、あちこちの店に立ち寄り、棚にざっと手を走らせて、先へ進んでいく。わたしは母さんの手を握り、どうやって話したらいいかと思案した。ねえ聞いて、ひどい目に遭ってるの。前方の店から人の群れが歩道に出てきて、わたしは——電撃のようなショックとともに——その中にあの三人がいると気がついた。買い物袋をいっぱい下げた腕、ひらたい顔、つやつやした髪、レザージャケット。わたしは母さんとセプテンバーの後ろに隠れて念を送った——こっちを見ないでこっちを見ないで見ないで見ないで。三人は顔を寄せてしゃべっている。もうちょっとですれ違いそうだ。人込みは密集し、店から流れる音楽がやかましくて自分の足音もろくに聞こえない。わたしは頭を下げた。あの子たちが通り過ぎる。よかった、これで逃げ切った。と、そのとき、リリーが顔を上げてわたしと目を合わせ、背後へ去っていった。あの子見た？　あとからセプテンバーに訊いたが、セプテンバーは顔をしかめただけで、試着室のカーテンごしに母さんに何かを手渡した。

母さんはドレスを何枚か試着し、わたしたちは試着室の外に座って感想を言った——だめ、だめ、いいかも、だめ、いいかも、あれはどう……？　試着室の鏡に映るセプテンバーはきらきらしていた。古着の山、古いアクセサリーの詰まった袋、傷のついたレコードの籠のあいだで輝くばかりだった。わたしはやつれて青ざめ、腐りかけた果物みたいに輪郭が灰色にくすんでいた。セプテンバーがわたしの首にスカーフを次々に巻き、自分の指にリングをいくつもはめたので、チャリティショップを経営する女の人たちはちらちらと苛立った目を向けてきた。わたしはあの子たちのことを考え、リリーと目が合ったことで自分の身に何かを招き寄せたと確信していた。

セプテンバーと母さんにはいろいろな時期があった。ときには親友同士になり、キッチンテーブルでくすくす笑い合うのを見かけた。でもたいていはぎくしゃくした関係で、ささいなことで喧嘩し、神経を逆撫でし合っていた。クリスマスには急な寒さが訪れた。地面には霜が降り、車のフロントガラスには氷が硬く張った。ディナーに何を食べるかという口論が加速し、やがて二人は台所の両端から怒鳴り合い、セプテンバーがサイドボードからカップをとって、投げるつもりのようにふりかざした。やめなさいよ、と母さんは言った。やってみる？　ねえ、やめなさいよ。年の初めにも何度か口論があった。あの一月の日々、陽光はせいぜい一日に八時間しか差さず、風で落ちた葉が街路のあちこちへ散り、ふいに追い立てられたように豪雨が降って側溝を詰まらせ、家のにおいを湿っぽくした。諍いの原因はお皿洗い、夜にどの番組を見るか、セプテンバーが母さんのワードローブから勝手に借りて食べこぼしをつけた服。わたしは宥めたり嘘をついたりしてセプテンバーを落ち着かせ、怒鳴り合いが起きないようにした。彼女と母さんはお互いを誤解し合っていて、わたしはドレスを買いに出かけるのが不安で神経をすり減らしていた。ところがその日、セプテンバーはおとなしく、母さんも機嫌がよくて、二人は腕を組み、母さんの髪はセプテンバーの手で編み込みにしてあった。チャリティショップで母さんは、スクエアネックでスカートがたっぷりした金色のドレスを試着した。

それだよ、セプテンバーがあんまり大きな声を出したので、店中の人がこっちを向き、母さんは笑い声をあげて、古びた床板の上でくるっと回った。

あくる日はいたるところでリリーを見かけた。ランチタイムにはわたしたちの近くのテーブルにつき、トレーの上でスプーンをくるくる回しながらこっちを見ていた。トイレでは鏡の前ですれ違い、向こうの肩がこっちの肩にあとちょっとで触れそうだった。午後には水泳の授業があった。先生は遅くなり、わたしたちはプールサイドで座って待っていた。ライアンが友人グループといっしょにいた。痩せた体に赤い水玉の水泳パンツを穿いていて、ゴーグルは頭の上に押し上げてある。セプテンバーはライアンが大声でしゃべり、ほかの男子にタックルして水のほうへ押しやる真似をするのにいらいらして低くうなっていた。わたしは彼をじっと見ていた。笑うとできるえくぼ、伸びすぎた髪、素早い動き。それだけではなかった。水泳パンツを穿いた彼の体、乳首の色、黒い腋毛、日によって顎に散っている小さな赤い点。ライアンの正確な動作、人間らしさ。セプテンバーが口笛を吹いてわたしをふり向かせ、目くばせしてきた。わたしは食い入るように見つめていたのだ。ライアンの肩越しに――皆既月蝕中の月(ブラッドムーン)さながら――リリーがこっちをにらんでいた。

先生はいらいらした顔で現れ、プールの端から端までコースロープを張ってくださいと指示をした。わたしは動けてうれしかった。頭の後ろにリリーの視線が張りついているのを感じる。向こうの端でロープをほどき、タイル張りのプールサイドをひっぱって歩いた。足元に気をつけ、排水溝を避けながら――排水溝には絆創膏(ばんそうこう)やもじゃもじゃの髪が詰まっていて、それを見ると気分が悪くなった。プールの先で物音がした――沸き上がるような音。だけど目を上げなかった。ライアンのことを考えていた。だれかがそばを通り過ぎる――ちゃんと距離を置いていない。わたしは衝突されてよろめき、ロープが両方の足首にからまり、おかげで投げ出されずにすんだが水には落ち、プールの縁に頭の横をぶつけた。

保健室は清潔そのもので、頭の中が空っぽで真っ白になるほどだった。わたしは母さんが試着して回ってみせた金のドレスのことを考え、水がブラッディマリーのように濁(にご)ったのを思い出し、ライアンを構成するピースのことを考えた。この保健室にずっといてもいいかもしれない。セプテンバーが歩き回って床を蹴り、壁のポスターをながめていた。

この女の鼻見てよ。コカインのせいで溶けちゃったんだって。

看護師は事務室にひっ込んで、保健室との境のドアを閉めていた。セプテンバーは戸棚から絆創膏と殺菌洗浄剤の小瓶をくすねた。わたしの目の前にプールの底の黒いラインが浮かんでいる。セプテンバーが近づいてきてわたしの顔に顔を押しつけ、ナンセンスな言葉を耳にささやきかけた。

そのとき母さんが現れた。車のキーを手にドアから駆け込んできた。髪は乱れて先が湿り、指は絵具で汚れている。母さんはわたしたちの体をつかんでしがみついた。

何があったの、と一度訊き、車の中でもう一度訊いた。わたしは言おうとしなかったし、セプテンバーは、たとえわたしが望んでも話さなかっただろう。セプテンバーにはほかの人間など必要なかった。わたしにわかっていたのは、母さんに話したら事態が悪化するということだけ。大人は理解してくれない。本当に恐れるとはどういうことか、大人は忘れてしまっている。ルームミラーの中で母さんと目が合った。

家に着くと、母さんは毛布を一階に下ろして、ソファの上に毛布の砦（ブランケットフォート）（寝具をテント風に張って中に入れるようにしたもの）をこしらえ、セプテンバーにチーズトースト作りを頼んで台所に行かせた。それからソファの端に腰かけてわたしを見た。顔に木炭がついている。

これからどうなるかわかってる、と母さんは言った。

予想していた言葉ではなかった。わたしはじっと座って、セプテンバーが台所でばたばたする音に耳を傾けた。早く戻ってきてほしかった。セプテンバーなら何を言ったらいいかわかるだろう。

これからどうなるかわかってる、と母さんは言った。事態が手に負えなくなって、セプテンバーが腹を立てたら。

母さんは指をわたしのこめかみに当て、つっぱった皮膚をさすった。わたしは母さんのズボンに頭を乗せた。ズボンは鉛筆の芯とブラックコーヒーのにおいがする。母さんは、自分が恐れていた男とのあいだに子供を作った――その理由は話さないけれど。たまに母さんがほとんど口をきかない月がある。わたしたちをしょっちゅう抱き締めたがり、テイクアウトの料理を注文し、昼から夕方までずっとお風呂に入っている。母さんがわたしたちにこう話す月がある――自分は錆(さび)と革の色の悲しみの中に生きていると。

わたしは母さんのズボンの生地(きじ)を指でつまんでこすり合わせ、口を開いてまた閉じた。話すことは何もない。セプテンバーは必要とあらばあの子たちと戦うだろうと、そうしてくれたらうれしいだろうと認めるつもりもない。その瞬間、疑問が浮かんできた。自分を必要としない子供たちの母親でいるのは、どういう気分だろう。

セプテンバーが足音高く戻ってきた。口をチーズでいっぱいにして、思い切り顔をしかめていた。


その夜、セプテンバーはわたしが言いかけたことをかわりに言い、二人で食べるオレンジをむいてくれた。ときどきわたしが何かしようと思って手を伸ばすと、セプテンバーは口笛を吹き、その手をぴしゃりと叩いて下ろさせ、自分が蛇口をひねったり、カップにホットチョコレートミックスを入れたりした。わたしたちはソファの砦(とりで)で身を寄せ合い、セプテンバーは九時ごろ疲れてうとうとと眠りに落ちた。頭をわたしの膝に乗せ、テレビの光で顔が緑に染まっている。そのときテキストメッセージが届いた。

〝今日、早退してたよね。心配したよ。大丈夫？〟

知らない番号からだった。わたしが知っているのは母さんの番号と、セプテンバーと共有するスマホの番号だけなのだから。わたしはスマホを握ってメッセージを見つめながら、セプテンバーが目を覚ましてどうしたらいいか教えてくれるのを待っていた。だれからなのか見当もつかない。わたしたちは学校に友達なんていないし、あらゆる人付き合いを避けていた。わたしたちが七歳のとき、二人がパーティに招待されるように母さんが手を打ったが、セプテンバーがある女の子のポニーテールを切り落として悲惨な結果になった。わたしが早退したからといって気にする子など一人も思いつかなかった。

〝だれ？〟と返信する。

一瞬でリプが来た。わたしの歯がカチッと鳴った。

〝ライアン〟のあとに笑顔の絵文字。〝ジュライだよね？〟

〝そう〟と返信したあと、ソファのクッションの横にスマホを押し込んで見えないようにした。異様な興奮に吐き気を覚え、セプテンバー抜きで何かを――ましてやこんなことを――しているというやましさをすでに強く感じていたが、それと同時に、相手はライアンじゃないのではという疑いも抱いていた。だけどそのあと寝室に引き上げ、セプテンバーが部屋の反対側のベッドでぐっすり寝てしまうと、わたしは続けざまに届くテキストメッセージに返信を送り、彼らしい言葉遣いだと次第に確信していった。言い回しにいかにもライアンらしいところがあり、ほかのだれかではあり得なかった。

彼はこう書いてよこした。〝泳ぐのうまいよね。おれも泳ぐのは好き。そのうちいっしょに泳ぎにいかない?〟

こう書いてよこした。〝きみの姉さんおっかないよね！　いい意味でだけど〟

こう書いてよこした。〝もっと学校で話したいな〟

五時ごろだろうか、こう書いてよこした。〝寝よか。そいじゃ四時間後に！〟こんなくだけた言葉遣いは初めてで、それがうれしくてたまらなかった。

あくる日学校で、わたしはライアンから親しげな合図はないかと目を凝(こ)らしていた。だけど向こうが合図をくれたとしても、わたしは気がつかなかった。数学のとき、ライアンはプリントを渡してほほえんでくれた——かもしれない。ランチのときは、最後のアップルパイをとらせてくれた。セプテンバーはわたしの髪をひっぱったが何も言わなかった。

4

金色のドレスを着て、友達から借りた赤い靴を履いた母さん。セプテンバーがわたしの髪をいじって落ち着かせようとする。スマホはポケットつきのドレスを選んで忍ばせておいた。母さんはそわそわしていて口紅がまっすぐ塗れず、セプテンバーがティッシュでぬぐって塗り直すはめになった。三人で一本の大きな傘を差して町へ歩いていく。わたしの脇腹に食い込むセプテンバーの肘。母さんの香水の香り。行く手に書店の明り。ドアが開いたとき、歩道にこぼれた四角い光。お互いにタイムを計って早飲みしたプロセッコのグラス。

　母さんの最新刊の表紙に描かれているのはわたしたち二人だった。セプテンバーがコンパスを持ち、わたしが後ろで古ぼけた懐中電灯を持っている。物心ついたころから、わたしたちは母さんの本に登場してきた。セプテンバーはずっと、母さんが二人を描くのを気に入っていた。書店のウィンドウに飾ってある本を指さして、わたしたちがあそこにいると言えるのを気に入っていた。わたしのほうは、気に入っているとは言い切れなかった。ページに描かれた虚(うつ)ろな目を向けられるのは好きではなかった。細いダーツの矢のような好奇の視線を浴びるのも、書店や母さんのイベントで二人を見た人が感想を言うのも好きではなかった。五歳のときわたしがあんまり泣いたので、母さんは一年間ジュライを描かないと約束し、セプテンバーばかり描くようになった。絵の中の彼女は木登りし、学校のプールで泳いで、施錠された箱をあける鍵が水底に落ちているのを発見した。だけど一年後、母さんはわたしをまた描き始め、わたしは――今度はもう口に出さなかったけれど――以前と同じ気持ちになった。

　母さんの本は子供向けで、どのページにも挿絵があった。最新刊でわたしたちは修道院から脱走し、秘密の洞穴への入口を見つけようとする。そこに宝物があるはずなのだ。わたしたちはお揃いの黄色い飾り帯（サッシュ）を身につけ（パーティにもそれをつけていった）、セプテンバーが登ったりジャンプしたり走ったりを一手に引き受け、わたしは調べもの担当で、本に鼻を突っ込んだり、バカでかい拡大鏡を顔に当てたりしていた。その本を読んでみようとしたが、自分を描いた絵を見たら頭がくらくらしたので、セプテンバーがある夜、母さんが上階で仕事しているあいだに、母さんのベッドに寝そべって読み聞かせてくれた。わたしの台詞を読むときにはおかしな抑揚をつけ、滑稽な顔真似をするので、わたしはいちいちたじろいでしまった。

パーティには出版社の人がいて、母さんの友達もいて、その書店で働く人たちの大半も出席していた。みんなしゃべったり笑ったりしている。ケイト・ブッシュの歌が大音量で流れているので、だれもが相手に聞こえるように声を張り上げている。セプテンバーが人込みを縫ってワインのグラスをくすねてきて、だれかが彼女のほうを見ると愛想よく笑いかけた。セプテンバーはそういうことが得意だった。何を言ったらいいか常にわかっていた。ポケットの中でスマホが何度も鳴っている。もうじき母さんのスピーチだ。前の週、母さんが原稿を書くのを二人で手伝った。アールグレイを飲みながら夜遅くまで粘（ねば）り、母さんの下手な駄洒落に笑い声をあげた。

わたしはそっとセプテンバーのそばを離れてトイレに入った。ぐしょ濡れのトイレットペーパーが落ちていて、床がぬるぬるしている。わたしは便座に腰かけた。

ライアンの言葉。〝今夜何してんの？〟

ライアンの言葉。〝おれはダチと出歩いてる。きみもいっしょならいいのに〟ライアンの言葉。〝おれのことホントにわかってるやつは一人もいない気がする。でもきみはわかってくれてるのかも〟

メッセージの終わりには毎回、笑顔と三つのキスの絵文字。気のきいた返事などかえす間もないほど次々にメッセージが届いた。親指が痛くなってくる。だれかにドアをドンドン叩かれたときは、床にしゃがんで音を立てないようにした。わたしは彼にセプテンバーと出版記念パーティのこと、わたしたちが勝手に登場させられている本のことを話した。自分が抱えている不安についても打ち明けた。なんの意味もないとわかっているのに、頭からふり払えない不安について。するとライアンは言った。〝おれもときどきそんな気分になる〟彼は言った。〝面白いな！　おれもそう思ってる〟ふと顔を上げて気がついた。会場を出てからだいぶ時間がたっている。スピーチを聞き逃してしまった。

階下におりていくと、みんなもう帰ったあとで、書店の人が何人かワイングラスを片付けていた。

みんなパブにいますよ、と一人が言って、ドアと道の向かいの建物のほうを顎で指してくれた。

パブは満員でだれも座っていなかった。椅子は壁に押しつけられ、店員は木製の長いカウンターの向こうで汗をかき、床はこぼれたビールで滑りやすく、あちこちに落ちている潰れたポテトチップのせいでじゃりじゃりしていた。鼓膜に響く音楽が絶叫にまで高まっていく。スマホを持って外に出て、涼しいところに座り、テキストメッセージが来るのを待ちたかった。何が起きているのかセプテンバーに話したかったが、いつまでも自分だけの秘密にしておきたい気持ちもあった。カウンターに母さんがいる。靴を手にして笑っている。子供が一人そばを駆け抜けた。そのとき、セプテンバーがわたしの腕をつかんで戸口のほうへひっぱっていった。だれかが入ってきてドアを半開きにしたので、雨が吹き込んで二人の脚にかかった。

どこ行ってたの。何してたの。セプテンバーは歯ぎしりしながらわたしをゆすった。わたしの上腕に彼女の指が鉤爪みたいに食い込んだ。

どこでもない。

探してたんだよ。ずっと探してたんだよ。

ごめんね。

セプテンバーはわたしを放して舌を突き出した。用があったんだよ。くそったれ。

くそったれ、とわたしは返した。

ふざけんじゃないよ。

ポケットの中でスマホが震えた。トイレ行かなきゃ、とわたしは言った。

行かなくていい。

行かなきゃ。どうしても。

セプテンバーはこっちをじろじろ見た。何が起きてるのか話しなさいよ。

わたしはできるだけ頭を空っぽにしようと努(つと)めた。何も起きてないよ。

信じられない。

わたしは何も言わなかった。何か口にしたらセプテンバーは言葉のあいだを深掘りして、そこに埋もれた真相を突き止めてしまうから。

一杯飲んで、そしたら行っていい。セプテンバーはわたしの二の腕をきつくつかんであいている隅へひっぱっていき、もう飲酒できる歳だとだれかを言いくるめ、甘くてべとべとしたお酒を一瓶手にいれた。わたしは口に瓶を当てられ、喉に当たる泡にせき込んだ。ポケットの中にスマホがあるのを感じ、無視しようと努めた。セプテンバーは知っている人たちを指さし、身を寄せてきて耳打ちした。

おしっこ出たい。耳に入る自分の声は、少しろれつが回っていなくて、言葉もごっちゃになっていた。

セプテンバーはしかめ面をしたが、わたしが身を引きはがすと行かせてくれた。

トイレは書店のよりもひどかった。個室の一つでだれかが吐いていて、一つはドアが塞がれていた。わたしは鏡の前に立ってポケットからスマホを出した。

テキストメッセージはこう言っていた。〝好きだよ、ジュライ〟

わたしは洗面台につかまった。メッセージを書き（わたしも好き）、すぐに消して別のを書き始めた。またメッセージが来た。

〝会いたいな。写真送ってくれる？〟

〝どんな写真？〟と返しながらも、すでにあいた個室に入って鍵をかけ、ドレスを緩めてスマホを体から離して掲げていた。わたしの手は別人の手のように動いた。さっき飲んだお酒が、わたしの中にいつもより強い新たな自信を叩き込んでいた。アルコールが胸でばしゃばしゃ跳ね、指を不器用にするのを感じる。上階で音楽がうるさく鳴り、床を通ってズンズン響いてくる。わたしはすでにセプテンバーの猛烈な怒りを味わっていた。わたしたちがいっしょにやらないことは一つもなく、なのにわたしはいまこうしているのだから。

〝セクシーなやつ〟とメッセージが来た。

ちゃんと撮るのにかなり時間がかかった。そわそわしすぎていたので、何度もスマホを落としたり、にっこりするのを忘れたりした。大抵の写真の中でわたしはおびえた顔をしていた。誘拐され、カメラのすぐ外にいるだれかに自撮りを強要されているような顔。すべての写真の中でわたしは憑かれているように見えた。存在感が薄く、母さんの絵本の中のわたしがいつもそうであるように、まるで幽霊みたいだった。セプテンバーがわたしの声色を使って本を朗読したことが、しきりに頭に浮かんでくる。あんまりそれらしい声なので、こっちは自分の台詞を読むまでもなかった。わたしは思った――上に行って、セプテンバーを見つけて、撮ってもらわなくちゃ。だけどそうはしなかった。このテキストメッセージはわたしのもので、ほかのだれのものでもないから。

だれかがトイレに入ってきてわたしの名前を怒鳴った。

ジュライ、どこ？

いま行く、わたしは言い、スマホをいじり、落としそうになり、必死に写真を撮ろうとした。ドアがバンバン音を立ててガタガタ揺れた。拳でドアを激しく叩いている。掛け金が振動する。わたしは歯を食いしばり、目をむりやり見開き、ドレスを横へひっぱり、あと一枚写真を撮って、それを送信した。

入れなさいよ、このアマ。

掛け金を外すとセプテンバーが飛び込んできて、わたしを壁に突き飛ばした。瞳孔(どうこう)が広がり、唇が濡れている。彼女は後ろ手にドアを施錠した。

何やってんの。

何も、と答えたが、目がスマホを見てしまい、セプテンバーはこっちに向かってにやっと笑うとそれに手を伸ばした。わたしの手を押さえ、爪でわたしの顔をひっかき、もう少しでスマホをつかみそうだ。わたしはぎくしゃくと身をよじり、スマホを背後に隠し、便座をさっと上げてスマホを中に放り込んだ。水没するスマホを見てセプテンバーは口笛を吹いた。笑えないよ、ジュライ虫。

そのあとのことはぼんやりしていて、記憶にむらがある。母さんはパブの古いテーブルの上に立ち、もう一度スピーチをして、セプテンバーとジュライがいなかったら、作品は生まれないだろうと語った。だれかが叫んだ、そうだよ、シーラ。

二時か三時に、家の近くのテイクアウトショップで母さんにフライドポテトを買ってもらい、三人で歩いて家に帰った。月明りが差していた。わたしは日蝕のこと、横断歩道のこと、自分が落ちて頭を打ったプールのことを考えた。セプテンバーはその夜のことをぺちゃくちゃしゃべっていて、母さんは頭をのけぞらせて笑い、フライドポテトはお酢で湿っていて、スマホはなくなっていた。家に着いたあと、わたしは目覚めたまま横になっていたが、そのうち明りをつけた。セプテンバーがわたしのベッドに潜(もぐ)り込んできて眠っていた。両腕を頭の上に投げ出し、脚はベッドの真ん中よりこっちへはみ出していた。

学校には遅刻した。母さんは二日酔いでサングラスをかけており、保温水筒からコーヒーを飲みながらゆっくりと運転した。わたしはセプテンバーの手を握り、何があったのか無言で伝えようとしたが、彼女はこっちを無視していた。一人一台持つのではなく、二人で共有しようと彼女が言い張ったスマホのことで、まだ腹を立てているのだ。わたしは窓の外に目をやった。とにかくこの雨、やんでくれないかな、と母さんが言った。家が水に浮かんで大事な娘たちをどっかに連れてってしまう。

学校の外の道は渋滞していたので、二人で車を降りて歩いた。指に静電気を感じる。不安は消化しきっていない食事のようだ。わたしはまたセプテンバーの手を握った。今度は彼女も何か感じたらしく、こっちを向いてくれた。

どうしたの、ジュライ虫。

かぶりをふった。ほかの女の子たちが学校の外で待ち構え、こっちに目を向けている。顔を寄せ合い、その口は皮のむけた大きな暗色の臓器だ。

どうしたの、ジュライ。セプテンバーは訊いたが、そのときはもう学校の正面近くに来ていて、わたしが考えたり話したりする暇もなく、二人とも校内に入ってしまった。いたるところで生徒がスマホをいじっている。だれかがこっちを見て、わたしの名前が口にされ、くり返されるのが聞こえた。セプテンバーの顔色が変わりかけていた。女の先生が一人、廊下をすたすたとやってきた。シャツの腋に汗染みがある。先生は両手を上げ、わたしたちを外へ押し戻した。だけどそれより早く、だれかが——先生の肩ごしに——こっちに向かってスマホの画面をさっと掲げ、それが目に入った。そこに表示された円(まる)い顔、画面の真ん中の、下から見た感嘆符みたいな乳首はだれのものだろう。写真の背景にはトイレの水槽の上端が写り、その人物はわたしのドレスを着ていた。顔という顔がこっちを見ている。廊下に灯った明りに照らされた、月のように真ん丸な顔の群れ。何かがわたしの耳と鼻と口に詰め込まれ、皮膚の下で水を吸って膨れ上がっているようだった。すごく冷たいものにかじりついたように歯がずきずきする。セプテンバーが写真を目にしてこっちを向き、わたしをまじまじと見た。

5

わたしたちはその週、学校を休み、セプテンバーはわたしの目の前で日に日に怒りを募らせていった。ほとんど息もつかずに食事をかき込み、リリー、カースティ、ジェニファーを形容する言葉をずらりと並べたてる——ガクブル魔女、悪臭唾液顔。わたしはぼんやりしたままベッドからソファへ、またベッドへと移動した。セプテンバーは犬みたいにわたしのそばで怒り狂い、憤怒(ふんぬ)をむき出しにしていた。母さんが部屋にやって来ては映画を見ないかと提案したが、セプテンバーがそっちに向ける目つきは、母さんすら近づいてはいけないと、母さんさえ用心したほうがいいと言わんばかりだった。夜中に目を覚ますと母さんが部屋にいて、窓辺の椅子に腰かけ、通りをながめたり、ベッドのほうを向いて二人の寝顔を見たりしていた。わたしにはわかった——母さんはセプテンバーが寝ているときしか、意識を失っておとなしくなったときしか、近くに寄れないのだ。母さんはわたしがどんな気分かと、どんな調子かとしょっちゅう尋ねてきた。そのことは話したくなかった。これ以上それをはっきりさせたくなかった。波のように襲ってくる現実は、これまでになく大きな、底知れぬ不安を伴っていた。

また学校に行く前の日、外に出ようとセプテンバーが言い、わたしたちは中心街に出かけて店を見て回った。学校の子たちに会わないかとわたしが心配したので、セプテンバーはわたしにキャップをかぶせてサングラスをかけさせ、手をつないで大きくふった。わたしたちは服屋に入り、目につくものを片端からさわって、スパンコールや柔らかいビロードのひだの感触を味わった。〈ブーツ〉では人目につかないように身を屈めて口紅を試し塗りした。香水を宙に向かって吹きつけ、その霧の中に入った。明るすぎる店の通路に、デオドラントやシャンプーのボトルの横に、明日という日が浮かんでいるのが感じられた。写真を見た子はみんな学校にいて、もっとひどいことに、ライアンも学校にいるのだ。彼があれを見ていない可能性はあるだろうか。ひょっとしたら病気で学校を休んでいたかもしれない。セプテンバーは香水をわたしの首筋や脈を打つ箇所(パルスポイント)にはたきつけ、これ気に入った、と言ってわたしのコートのポケットに入れ、そのままわたしに前を歩かせて店の外へ出た。

その日は月曜日だった。セプテンバーが写真の件を放っておくつもりはないのがわかった。彼女の怒りがあんまり激しいので、わたしの頭はその怒りで、彼女の計画ではちきれそうだった。母さんもそれを感じたに違いない。車を停めたあと後ろへ身を乗り出してこっちを見た。

ひどい話だったけど、もう終わったことだよ。忘れなくちゃ。母さんは二人を見ていたが、わたしに言っているのではないとわかった。セプテンバーがドアをバタンとあけ、足をさっと外に出して行ってしまった。

それまで以上に状況は悪くなった。わたしは壁に溶け込むことに、こっちに気づかない顔で通り過ぎる子たちに慣れてしまっていた。だけどもうそうは行かなかった。あの写真は何度も現れた。だれかがそれをコピーして上級生の休憩室のロッカーに貼った。別のだれかが学校のパソコンを使ってメールでそれを拡散したので、どこへ行ってもそれがちらちらと目に入った。わたしは授業中ずっと泣き続け、セプテンバーに体を押されてトイレに行かねばならなかった。写真の中のわたしはまるで別人のようで、ときには本当に別人だと思い込めそうになった。だけどすぐだれかに指を差されて思い出すはめになった。フラッシュを浴びてすくんだようなわたしの目つき、わたしの胸。最悪なのはそれだ。子供のころからセプテンバー以外には見せたことのないわたしの体の一部。

ライアンはすでに校長室に呼び出されていた。学校の淡黄色の廊下にできた焦げ跡のように、いたるところで彼の姿を見かけた。廊下の突き当たりにいたり、わたしたちが入ろうとした教室から出てきたり、短パンの裾から痩せた脚を出して体育館にいたり。もちろん彼はあの写真を見ていたし、わたしが彼に送るつもりでそれを撮ったことも知っていた。いままではわたしがだれなのか知りもしなかっただろうが、いまでは知っていた。

少しでも事情を知っている子は、彼がやったのではないとわかっていた。リリーたち三人が歩いている様子を見れば、わたしが教室に入るたびに三人が笑い声をあげる様子を見れば、一目瞭然だった。ある朝カースティは、あの写真のコピーを持ってきて、自分の胸に貼りつけて歩き回った。始業前で、窓という窓が霧に覆われていた。わたしたちは休憩室に座って点呼の時間を待っていた。ライアンが向こうで腕組みをしてロッカーにもたれかかり、だれかに言われたことにくすくす笑っていた。カースティは髪をレイア姫風の小さなお団子にしてブレザーを片腕にかけていた。写真はセロテープで白いシャツの胸に貼ってあり、しょっちゅうずり落ちるので、緑に塗った爪で押さえていた。彼女の後ろではジェニファーと数人の女の子がお腹を抱えてげらげら笑い、ほかの子たちが何を笑っているのかとふり返っていた。わたしは下唇の柔らかいところに歯を食い込ませて頭の中でくり返した——やめてやめてやめてやめて。セプテンバーの顔から、木切れが飛び散るように怒りがほとばしった。二人で座っていたベンチから立ち上がろうとしている。わたしはつらくてたまらず、やみくもに彼女のほうへ手を伸ばした。するとセプテンバーはわたしを押しのけた。カースティがこっちへ視線をよこした。ちょっとまずかったかなという顔で、セプテンバーに警戒の目を向けている。セプテンバーはカースティのお団子の一つをつかんで彼女の頭を床に叩きつけようとし、カースティはきゃっと叫んでセプテンバーをひっかいた。互いをねじ伏せようとつかみ合いになり、カースティは悲鳴をあげ（放してよ、このクソ女）、生徒はみんな寄ってきた。ライアンと何人かの友達は玉突き台の上に乗って見物している。クラスの半分が乱闘に加わって揉み合い、セプテンバーの髪や腕をひっぱり、わたしの顔につかみかかった。肋骨（ろっこつ）の周りで悲鳴が震えていて、いまにも口からあふれそうだ。先生が入ってきて殴られ、鼻から血を流した。セプテンバーは引きはがされ、カースティが拳をふり回してそれを追いかけた。わたしは両頬に手を当て、力いっぱい内側へ押さえつけた。

セプテンバーとカースティは三日間停学になり、わたしはセプテンバー抜きで学校に行くつもりはなかった。母さんも無理にとは言わなかった。セプテンバーは思案気な顔でキッチンテーブルに向かってコーヒーを飲み、学校から届いた宿題をやっていた。わたしは夜眠ることができず、セプテンバーもいっしょに起きていた。わたしたちは闇の中で、子供みたいに〝セプテンバーは言う〟やかくれんぼをして遊んだ。四つん這いで相手を探し、ソファの後ろの埃で顔を汚した。セプテンバーは何度も言っていた——何か手を打ってやる。どういう意味かわからなかったし、訊くのは怖かった。セプテンバーは以前にも、怒ったときや罰を受けているとき、こんなふうだったことがあり、それは決まってよくない結果につながった。わたしたちが幼いころ、ほかの子がわたしのカバンを盗ったとき、セプテンバーはその子の手を接着剤でテーブルにくっつけた。母さんと意見が合わないときも、セプテンバーはよくああいう顔をしている。

わたしはほかの選択肢を考えた。ほかの解決方法を。この町を去って二度と戻らなければいい。名前を変えてだれもわたしたちだとわからないようにすればいい。三人でアイスランドかメキシコに移住すればいい。もうちょっとでセプテンバーにそう言うところだったが、なぜかどうしても口に出せなかった。わたしはしょっちゅうあの事件を忘れ、また一から思い出しては、ぞっと身震いするのだった。

どうすればいいかわかった、とある日の午後、セプテンバーが言った。ラジオによればリジャイナという名の嵐が英国を南下して近づいてきていた。セプテンバーは窓ガラスの先の強風の吹く街路に向かって指をコツコツ叩きつけた。古いテニスコートの横にある建物、覚えてる？　あの気味悪い物置小屋。

入学したばかりのころ、わたしたちは隠れ場所を求めて何度かそこに行ったことがある。そのころ、テニスコートはときどき使われていたが、物置はすでにカビが生え、壁がふにゃふにゃになっていた。ここ何年かで周りの木が伸びて校庭からの視線をさえぎり、もはやテニスコートも使われていない。セプテンバーはベッドサイドのライトをつけた。明りが彼女の目に跳ね返るように見えた。

あそこに行って、リリーたちを呼び出せばいいと思う。

わたしは何も言わなかった。

どう思う？

わたしは無言のままでいた。

あのさ。うっとうしいのやめてよ。あいつらとあそこで会うことにして、わたしがあいつらと話をする。邪魔が入らないところでね。もうあんたには手を出させない。

わたし、うっとうしくなんかない。

うっとうしい。

唾はすえた味がした。いい考えだね。

でしょ、とセプテンバーは言った。じゃ、あしたあいつらに言うから。

オーケイ。

え、何?

オーケイ、と大声で言った。

すべてがそこにつながっていた。嵐のせいで水浸しの古いテニスコート、泥に汚れたわたしたちの手足、風の重みのせいでうめいていた古い投光照明。セプテンバーはハーメルンの笛吹きの曲を口笛で吹き、突風と雨の中でさえ、わたしにはその口笛が呼びかけてくるのが聞こえた。台所にいたとき、セプテンバーは母さんの鋭い野菜用ナイフをポケットに入れ、わたしに向かって口を引き結び、文句があるなら言ってみろという顔をした。テニスコートでは氾濫する水のせいで弱った木が一本、倒れてきて——そうだっただろうか?——物置小屋が下敷きになった。救急車の音は聞こえたから、雨足は弱まっていたのだろう。車のハンドルを握る母さんの手は指の関節が白かった。セプテンバーが耳打ちしてきた。ジュライにできたことは一つもなかったし、ああなるしかなかったんだよ。わたしの記憶には霞がかかっている。ローターに集まった女の子たちはおびえた顔をしていた。結局のところ、わたしにはどうしてあんな騒ぎになったのかわからなかった。あいつらを怖がらせてやった、ほんとにそれだけのこと、とセプテンバーは言った。あいつらを心底びくつかせてやった。

そのあとわたしは病気になった。冬場から肌寒い春にかけてはよく風邪をひくが、それとは違うもっと重い病気だった。寒い朝にはしょっちゅう吐き気がして、夕食に食べたものを全部戻してしまった。脚の裏側と両手が赤くなって痛んだり、皮がむけたり、ひどくかゆくなって、夜中に目を覚ますと血が出るほどかいていたりした。体がだるく、医者が処方した薬のせいでもっとだるくなり、いらいらし、たいてい朦朧（もうろう）としていた。

わたしたちは約束を交わした。オックスフォードにいたとき。鏡の前で手をつなぎ、約束が有効だと鏡像によって確認した。わたしたちは何が起ころうと乗り越えていく。セプテンバーはとなりに立っていたが、それでもわたしの手は何も握っていないようだった。わたしは何度も手に力をこめた。ねえジュライ、約束する？　とセプテンバーは言った。わたしはなんでも約束するつもりだった。ねえジュライ、わたしの言うことを聞いて、とセプテンバーは言った。わたしたちは互いへの約束を一度も破ったことがなかった。

6

寝ているとき、何かが体の上に乗ってしゃがんでいる。目があけられない。顔に熱い息がかかり、拳のようなものが胸にぐりぐりと押しつけられる。声を出そうとする、セプテンバーを呼ぼうとする。だけど動けない。腕も脚も投げ出されてこわばったままだ。片目をどうにか薄くあける——かすんだ視界。体の上に人影があって押さえつけてくる。もう少しで顔が見分けられそうだけど、暗闇が訪れて人影は見えなくなる。

母さんは夜中に下りてきたらしく、サイドボードの上の片手鍋にチリビーンズが入っていて、コリアンダーの葉がハート形に散らしてある。セプテンバーはくんくんにおいを嗅いで食べないと言う。わたしは深皿の縁近くまでよそい、電子レンジの中で皿が回転するのをドアごしにながめ、かき込んで上顎を火傷する。一杯目を食べるとすぐにおかわりをする。胸が痛くて青あざができかけている。そのあざを見ると怖くなる。広げた指みたいな形のあざ。セプテンバーに訊いてみたいが、彼女はいらいらが溜まっているようだ。以前から二人で利用している二、三のチャットサイトにセプテンバーがログインし、プロフィールのページをチェックすると、メッセージがいくつか届いている。わたしたちはときどき、自分たちが生み出す架空の女性について物語を作る。学校でどんな勉強をしたのか、どんな友達がいたのか、週末は何をするのか。女性の人生の小さなエピソードも想像する——ギリシャでの休暇中に猫を助けたときのこと、いままでに食べた最高の食事。だれかになりすましてサイトを利用しているとわたしは不安になる。ひょっとすると正体がばれるかもしれない。たまに男のふりをすることもあって、そっちのほうが気が楽だ。本当の自分たちとはかけ離れているから。別人のふりをするのは、体に合わない服を着るようなもの。袖がこすれて腕に赤い跡がつき、ウェストバンドは下がってくる。

ネットの調子がおかしい。画面はポップアップでいっぱいになり、ノートパソコンが低く不満そうなウィーンという音を立てる。見たいサイトは内容がごっそり欠けていて、写真は間引きされ、文章は途中で途切れている。しつこくいじりすぎたせいで、とうとうタブが全部いっぺんに閉じ、わたしたちは真っ黒な画面に放り出される。

ウィルスはネット上の幽霊、セプテンバーはそう言ったあと、肩を顎の近くまですぼめてつぶやく——ファック、ファック、ファック。海岸に行こう。

わたしたちは母さんの寝室の前でしばらく立っている。ドアの板に耳を当てると、中で母さんが歩き回るのが聞こえるような気がする。まるで齧歯(げっし)類のようにせかせかと動いている。紙の上を走る鉛筆の音は聞こえないだろうか。母さんが仕事をしていれば、何もかも問題ないはずだ。オックスフォードを離れる直前、母さんは新しい本を手がけ始めていた。その中でセプテンバーとわたしは舟に乗って、真夏なのに雪に覆われた島を訪れ、暖かい気候をとり戻そうとしていた。母さんが仕事しているなら、わたしたちを許してくれるかもしれない。けれど最初の動きのあとは、静寂が続くばかりだ。

行くよ、とセプテンバー。母さんにはメモを残しておこう。

だけど結局、わたしたちはメモさえ残さない。裏口に大きすぎるレインブーツがあったので、二人とも足を突っ込む。セプテンバーは玄関から外に出ていき、両手を腰に当てて肘を張り、顎をそらして青灰色に近い空を見上げる。首に何かかかっていて、彼女の動きにつれてゆらゆらする。双眼鏡だ。家から持ち出すところは見ていなかった。

どうしてそれ持ってきたの。

どうしてだと思う？　セプテンバーはくるくる回り、その声はそれていったり、高くなったりする。

母さんが友達の家のディナーパーティから帰ってきたときのことを思い出す。いつもよりおしゃべりで、台所で二人にホットチョコレートを作ってくれた。父さんのことや、父さんが子供のころから持っていた双眼鏡のことも聞かせてくれた。父さんは双眼鏡に対する独占欲が強く、母さんがさわっているのを見ると怒り狂ったそうだ。暖かい服を着込んで双眼鏡を首にかけ、バードハンティングに出かけることもあった。そう呼んでいたのだ――ウォッチングではなく、ハンティングと。そしてやけに興奮し、ぺちゃくちゃしゃべりながら帰ってきた。頭上にある窓の一つに父さんが立っていて、双眼鏡でわたしたちを観察しているところを想像する。父さんは若く、わたしたちよりも年下で、九月の空の色をした目の周りの荒れた皮膚は、双眼鏡を押し当てたせいで赤い跡がついている。

セプテンバーは小径をすたすたと歩いていく。大きすぎるブーツから左右のふくらはぎが交互に浮いている。わたしは急ぎ足で追いつき、二人で腕を並べ、何歩か歩調をそろえて歩く。見て、とセプテンバーが指を差す。地平線には丘が連なっているが、遠くに海が一筋見える。

五月の終わりで、頭に当たる日差しは強く、温かい土のにおいがする。ときどき自分の中に抵抗を感じる。下り坂にかかったのを――視界がきかなくて――爪先で感じるときのように。両手に力を込めようとするが、セプテンバーにひっぱられていく。母さんが寝室から出てきて、二人がいなくなっているのに気がつくところを想像する。わたしたちが逃げ出したと、永遠に母さんを見捨てたと思ってしまうかもしれない。わたしたちは足を速め、道路から飛び出して野原に入る。生い茂る草は縁が鋭く、触れたら血が出そうだ。セプテンバーはためらいを見せ、双眼鏡を目に当てて頭を傾け、空を見上げる。

何見てるの。

返事はない。

わたしは前方の砂丘に向かって進んでいく。セプテンバーが後ろで音を立てている。舌打ち、おかしな呼び声、つぶやくような呪文、でっち上げの言葉。海は見た感じ油っぽく、白い泡でぬめっているようだ。海岸のほうへ細い道がついている。わたしはブーツを脱ぐ。地面は湿ってひんやりしているが、少し歩くと熱くてからからになる。

後ろをふり返る。いま登ってきた砂の坂からセプテンバーの姿が消えている。わたしは砂丘の頂をよたよた歩きながら彼女を探す。前方できらっと光るものがある。何かの輪郭。砂丘の上の建物。砂から突き出した支柱の上に立っている。ガラスのはまっていない横長の窓がある。窓の高さはわたしの掌と変わらないくらいで、それが建物をぐるっととり巻いている。だれかが中にいてこっちを見ている。だれだかわからないがセプテンバーではない。わたしはうずくまって、地面の上で小さくなろうと努める。細い窓から差す光がわたしをその場に押さえつける。横手にあるドアがゆっくりと外へ開きかけている。わたしは理解する――そこから出てくる人は、テニスコートで起きたことを何もかも説明してくれるのだ。

何してんの、とセプテンバーが叫ぶ。木箱みたいな小屋の戸枠をつかんで、外へ身を乗り出している。首から双眼鏡が地面に向かって垂れている。そんなとこで何してんの。入って。

いいや、とわたしが言うと、セプテンバーは一瞬、言うこと聞かないんだ、という顔をする。あとで何かされるに違いない。

バードウォッチング小屋だよ。トビが見えたと思ったんだけど。でなきゃサギか。入って。

海に行くんじゃなかったの？　そう言ってたじゃない。海に行くって。

わたしは苦労して身を起こし、小屋から離れて海岸のほうへ滑り下りる。セプテンバーが背後で叫んだり笑ったりしている。斜面は急で、わたしは長い海岸と冷たい波めがけてお尻で滑っていく。潮は引いていて、砂浜には何かの破片やゴミが打ち上げられている。わたしは立ち上がって斜面の最後の部分を駆け下り、けたたましく笑うセプテンバーが後を追ってくる。小屋が見えないと気持ちが楽になる。セプテンバーに背後から抱きつかれ、ひょっとすると許してもらえたのかも、と思う。

二人で海岸を歩き回る。ときどき日差しが顔をのぞかせ、小石の上に長い影を作り、二人の肩に照りつける。だけどたいていは強い風が吹いていて、むき出しの脚に砂が当たり、口に入る髪はしょっぱい味がする。セプテンバーは横になり、わたしは彼女を埋めていく。手足を一本ずつ、それから胴体。彼女は砂だらけの髪をした海の生き物のようだ。

だれか来る、とセプテンバーが言う。わたしはふり向いて風の中に目を凝らす。海岸の向こうの端に人影があって、露頭を這うように進んでいる。オレンジ色のアノラックを着た体。

帰ろうか、とわたしは言うが、セプテンバーには聞こえないか、聞こえたとしても返事をしない。人影はもうだいぶ近くに来ていて、その顔が見える。髪の色もはっきりする。アノラックと同じ明るい色だ。潮が満ちてきている。

おーい、とその男の子は叫び、呼びかけながらそばまで来て立ち止まる。やあ。地元のものらしいなまりがあり、同い年か少し年下で、両手を手首までポケットに突っ込み、幅の広い口をしている。

こんにちは、とわたしは言う。

後ろでセプテンバーが何かつぶやき、亀みたいに砂から出てこようとする。男の子は海水とシャンプーのにおいを漂わせ、ポケットから両腕を出してぶらぶらさせる。手足が長く、照れたような顔で、頭から髪の房があちこちへ突き出している。

このへんに住んでるの？　とその子は言う。見かけたことないけど。

どう答えたらいいかわからない。この子にはどこか目を惹くところがある。

越してきたばかり。セプテンバーがわたしの肩ごしに言う。男の子はにこっと笑って舌を鳴らす。そっか、だから見たことなかったんだ。家はどこ？

わたしは海岸から少し離れた家のほうを指さし、セプテンバーが答える。あっち、〈セトルハウス〉。

マジで？

そう、とセプテンバー。

今夜パーティやるんだ。

どんなパーティ？　セプテンバーは必要以上に大きな声でぞんざいに尋ねる。

ビーチパーティ。こんな早い時期にはだれも海岸に来ないからさ。焚き火をしてビール飲むんだ。おいでよ。

わたしはセプテンバーが返事をするのを待つが、彼女は黙っている。

わかった、わたしはゆっくり答える。行くかも。

よかった、と男の子は言う。よかった。今夜ここにいるよ。

男の子が海岸をてくてく歩いていくのを見送る。風に向かって頭を下げている。ふり返るとセプテンバーがこっちを見ている。手から砂を払い、髪をゆすって砂を落としている。

本気じゃなかった、とわたしは言う。べつに行くことない。

行かなくちゃ。ほら。あんたの気が変わる前に何を着るか考えよう。

母さんがまだ荷解きしていなかった酒類の箱を見つけて、古い瓶に口をつけて飲む。ラベルにはポートワインと書いてあるが、埃の味しかしない。

何か感じる？　とわたし。

ううん、とセプテンバーは肩をすくめる。

わたしは少しくらくらするが、セプテンバーがそう言わないなら自分も認めるつもりはない。二人で二階に上がって服を並べる。セプテンバーは両手を上げてくるくる回る。胸の底に不安が湧き起こって、わたしは息を呑み、それが過ぎるのを待つ。セプテンバーが首に抱きついてくる。

心配しないで、ジュライ虫、大丈夫だよ。むしろ楽しいかもしれない。何か音楽かけよう。だけどネットはまだ調子が悪く、音楽は切れ切れにしか聞こえず、ヒューと音を立てて途絶えてしまう。流すのはやめにする。

これ着なよ、セプテンバーがレースの高い襟のついた、裾にスパゲティボロネーゼの染みがあるワンピースを持ち上げる。

着たくない。

着てごらんよ、気分がましになるから。

セプテンバーに少しいらいらしたが、言われたとおりにする。彼女はブラとショーツだけつけて、ベッドサイドに向かって三点倒立している。わたしは頬を壁につけ、家がしゃべるのを、パーティと赤毛の男の子についてコメントするのを待つが、本当に家が話したとしても、その声は聞こえてこない。

何か食べるものはないかと台所をのぞいたけれど、あるのはチリビーンズの残りとティーバッグくらいだ。

どっちみち、飲むときは食べちゃだめ、とセプテンバーが言う。食べなきゃ酔いが回りやすい。

食べ物のかわりに水を何杯も、お腹が膨れて胸郭から突き出すまで飲み、水っぽい単語をでっち上げてお互いに言い合う。

7

海岸に通じる細道に着くころには、闇が広がっている。公害で空が汚れ、道に街灯が並ぶオックスフォードの夜とは大違いだ。あたりは真っ暗なので、二、三歩先を行くセプテンバーの姿もほとんど見分けられない。彼女の手の感触、こっちの指を握ったり放したりする指のおかげで、そこにいるとわかるだけだ。木造のバードウォッチング小屋が砂丘の上に現れるかと身構えていたが、別のルートを来たので小屋は見当たらない。あの小屋を見ないですむという安心は、ほどなく激しい不安にやすやすと呑み込まれる。家に帰らなくてはいけない。当然帰らなくてはいけない。下のほうに海岸があり、焚き火が燃え、人の声がこっちへ流れてくる。海の音は大きすぎるし遠すぎる。たどり着けないほど遠くにあるかのようだ。何人かが焚き火を囲み、火の上を飛び越えている。仲間に入るわけにはいかない。だけどセプテンバーが手をいっそう強く握ってひっぱり、わたしたちは細道を駆け下りる。

集まっている子たちにまっすぐ近づかず、闇に紛れて回り込む。

セプテンバーが頭上に二人の靴を掲げ、海が二人のむき出しの足首をひんやりと包む。ワンピースの裾が水につかるのがわかったので、後ろが長くなったスカートを腕にひっかける。ビールのにおいと、何かが焦げるにおい。セプテンバーの目が追い詰められた動物のように光って、焚き火とそれを囲む子たちのほうを向くのがわかる。わたしたちはゆっくりと近づいていく。六人の人影がまばらな輪になって座っている。わたしたちくらいの歳で、缶ビールを飲み、お互いの言葉にかぶせるようにしゃべっている。二、三人の子は海に入っていたように濡れた髪をしている。一人がわたしたちを見て両手を上げ、ひらひらとふる。

やあ、とその男の子が言う。ほかの子たちがこっちをふり返る。

セプテンバーがわたしの体を押し、わたしたちは火明りの中に入っていく。厚切りの肉があぶられて黒く焦げ、空き缶が二、三本、灰の中に押し込んである。流木が燃やされていて、塩がチリチリいっている。女の子の一人がビールをこっちへ放り、缶がわたしの脚に当たって砂に落ちる。セプテンバーが拾ってわたしの口に当てたので、飲む以外どうしようもない。火の周りのだれかが歓声をあげ、ほかのだれかが笑う。ビールは生ぬるい。

来たんだ、と昼間会った男の子が言う。魅力的なのは、あの口かもしれない。あるいはしゃべり方かもしれない。彼のなまりはきつく、言葉を理解するのに少し時間がかかる。

来るって言ったでしょ、セプテンバーが言い、火のそばに座る。わたしは彼女のすぐ後ろに腰を下ろす。集まった子たちは名前を教えてくれるが、わたしはじきにどの名前も忘れてしまう。例外はあの男の子のジョンという名前だけだ。男の子は二人いて、残りは女の子。わたしが名乗ったあと、セプテンバーが名乗る声が木霊のように聞こえる。女の子の一人――鼻に銀のピアス――がどうして引っ越してきたのかと尋ねる。

べつにいいじゃない、とセプテンバーが言い、みんなしんとするが、周りですぐ別の会話が始まる。ほかの子たちは、全員が知っているだれかの噂や、学校で起きたことの話をしている。わたしは二本目のビールを渡されるが、一本目を飲み終えた記憶はない。ジョンではない男の子が、だれもちゃんと笑わないジョークを連発している最中、ジョンが聞きとれないほど静かな声で話しかけてくる。わたしは思う――セプテンバー、セプテンバー、セプテンバー。そのとき気がつく。彼女はまだとなりに座っていて、ビールを飲まずにただ焚き火を見つめている。ジョンは反対側にいる。彼が身を寄せてきて、腕がこっちの腕に触れるのがわかる。わたしは思う――どうしたらいいんだろう。ジョンからこちらへ、ゆっくりと流れ込んでくるものがある。その瞬間、わたしは察する――たまにセプテンバーの考えがわたしにわかるように、ジョンにはわたしの考えがわかるに違いない。電線を介するように、皮膚を通じて。

わたしは差し出されたものをなんでも受けとる。鶏肉みたいなものの焦げた切れ端、シードルの瓶。シードルは味見してから、セプテンバーが飲むように脇に置く。彼女は口をつける。わたしたちはまたあれこれ質問される。前はどこに住んでいたの？　どこの学校に通ってるの？　セプテンバーが答える――前はオックスフォード。学校には行ってない。

学校に行ってない？　ジョンではない男の子が言う。なんで？

行きたくないから、とセプテンバーは答え、みんなに向かってにやっとする。わたしたち、やりたくないことは何もしないから。

だれもそれには言葉を返せないが、一人の女の子がこっちへ向かってビールの缶を掲げる。ジョンが話しているので、聞こえるように横を向く。ついていけないくらい早口で、わたしが集中できない話題をしゃべっている。頭と両手にビールとシードルとポートワインを感じる。手を顔の前に上げて震えていないことを確かめる。セプテンバーはとなりで黙り込んでいる。ジョンがわたしの顔に顔を寄せ、一瞬、彼の唇が頬に触れる。すごすぎて耐えられそうにない。身を引いて彼の顔を見る。もう一度やって、と考える。もう一度やって。だけど何も言わない。

　わたしたちは飲み続ける。わたしはセプテンバーがそこにいるのをしょっちゅう確かめてしまう。セプテンバーはこちらに笑いかけ、わたしの顔や髪に触れ、わたしの手を握ってビールの瓶や、甘いシードルの瓶のほうへ導く。会話は二人の周りを川のように流れ、わたしたちがときたま理解できるのは、二人に対してではなく、なんとなくこっちへ投げてよこされる、切れ切れのフレーズや質問くらいだ。気がつくと自分がしゃべっていたり、横を向くとセプテンバーが二人を代表してしゃべっていたりする。セプテンバーは、わたし――とたまに母さん――以外の人といるときの癖で、ときおり辛辣（しんらつ）で意地悪なことを口にするが、そうでないときはこの子たちに、この知らない子たちに優しくしているようだ。母さんの仕事や、自分たちが興味のあることについて話しているのが聞こえる。焚き火の向こうに目をやると、ほかの子たちは彼女のほうへ身を乗り出し、話を聞きながらうなずいたり、共感するように笑ってさらに質問をしたり、彼女に賛成してもらおうと何か言ったりしている。わたしは酔っている。そう。わたしはそのとき、いままで何度も思ったように、彼女こそわたしがずっとなりたかった人間だと考える。わたしは宇宙から切り抜かれた影で、死につつある星々の色に染まっている——そしてセプテンバーはわたしが世界に残した穴を埋める人間だ。二人が何年も前に交わした約束を思い出す。わたしたちは忘れないようにそれを書き留めた。手をつなぎ、その紙の上に掲げ、何度も強く握り合った。

気がつくと波打ち際にいる。わたしは酔っていて、セプテンバーはワンピースを頭から脱いでしまっており、その体が薄闇の中で灯台のように光る。海はわたしのふくらはぎに冷たく寄せてくる。ワンピースの裾がぐしょ濡れになって肌に張りつく。海面から飛び散る泡の中にいくつかの人影がある。波頭めがけて背中から倒れ込んでいる。男の子の一人は裸で、彼がジャンプすると、太腿の横のペニスが水から飛び出すのが見える。

変化は目に見えるより早く肌に感じられる。指がちくちくして、わけもなく涙が出てくる。わたしは一歩後ろに下がる。セプテンバーの名を呼ぶと、返事があったようだがはっきりしない。とても遠くで、あり得ないほど遠くで聞こえたように思える。だれかがわたしに触れているが、その人の手も顔も見えない。焚き火のほうに目をやっても、そこにはだれもいない。目につく姿はどれもジョンではない。わたしは渚(なぎさ)に沿って歩く。泥酔していて、手足が多すぎるような、足指が何万本も生えているような感じだ。セプテンバーの名前を呼ぶとだれかが笑う。だれかが手首をつかんでいる。そのとき彼女の姿が火にちょうど照らされて目に入る。向こうへ歩いていくところだ。またワンピースを着ていて、生地が体に張りついている。だれかが彼女といっしょにいる。ジョンだ。火が揺らめいて形を変え、つかのまセプテンバーとそのとなりにいる人の影が怪物みたいに大きくなる。わたしは焚き火のところに引き返す。あんまり寒くて末端の感覚がない。指先から指の付け根までがしびれている。両手は膨れ上がっていて、拳を作ろうとしても握ることができない。と、息を呑む一瞬のうちに、わたしはその場から引き離され、別のところにいる。自分の指の中にセプテンバーの指を感じ、胸の中で二つの鼓動がピッピッという電子音のように打ち始め、口の中は二枚目の舌で塞がって息もできない。わたしは砂の上で仰向けになる。世界がのろのろし始めたかのように、何もかも速度が遅くなる。体が締めつけられ、次の瞬間、股間に圧迫を感じる。だしぬけで、ありえなくて、速すぎて痛みを感じる暇もない。セプテンバーがいるところはどこも冷たい。セプテンバー、とわたしは思う。セプテンバー、セプテンバー、セプテンバー。何かがわたしから去っていく。それが漏れ出ていくのがわかる、行ってしまう、行ってしまう、行ってしまった。次いで痛みが訪れ、わたしは舌を嚙み、塩と鉄の味を感じる。痛みのおかげで考えられる――わたしはセプテンバーとジョンといっしょにいるのかもしれない。彼女の中で丸くなって、神経を研ぎ澄まし、何が起きているか感じているのかもしれない。何かがわたしから去っていき、わたしは衝撃とともに察する――それはわたしのヴァージンだ。行ってしまう、行ってしまう、行ってしまった。

間接的な形で奪いとられた。セプテンバーがセックスをしていて――実際のところ二人とは一人のことだから――わたしもセックスをしている。わたしは目を閉じ、拳を握って砂に埋める。

第二部

セトルハウス

そこには最初、いずれ家が建つ地面しかなかった。海風にも枯れないようにできている頑丈な木々、びしょ濡れで塩気を含み、生命に満ちた土。丘では羊が草を食み、子を産み、命を落とし、大地にひしめいていた。小さな村落、羊飼いの小屋、漁師のあばら屋、旅人の荷馬車。干物にするために並べてあるバスやベラ、タラやホワイティングのにおい。畑を救うために塀の支柱に吊るされるモグラ。獲物を挟んで捉えるウサギ用の罠。クジラが岩場に打ち上げられ、風雨に朽ちていった。人々は昔からの営みを続けた。生きて生きて生きて血を流し終わりを迎えた。

〈セトルハウス〉は建造されるが、いまだ名前を見出していない。あらゆるものが家の周りでせわしなく動き、吠え声をあげ、とどまり続ける。最寄りの村の住民は家ができていくのを見物する。建築が難航し、頓挫しかけながらも、じわじわと進んでいく様子を。このあたりの砂地は建物をあっさり呑み込んでしまう。それでも家は建ち、人々がその壁の中に入ってはまた出てくる。

セプテンバーとジュライの父親、ピーターはこの家で母胎に宿る。壁は激しく震え、目をそらさない。事は素早く起こる。暗い子宮の中で何かがふっと命を得る。簡単に消えてしまう小さな命。ピーターの両親は荷物をまとめてデンマークの家に帰る。家はまた孤独になる。床板の下でネズミがウサギのように繁殖し、鳥が屋根に巣をかけてつがい、奥の壁際にアナグマが巣を掘り、もっとよい場所を求めて去っていく。一家はこの家で休暇を過ごす。パンより砂のほうが多いサンドイッチ、陰鬱（いんうつ）な海への肌寒い散歩。ピーターは誕生日に双眼鏡を与えられ、家の窓から鳥を観察する。整然と連なって空を飛ぶ鳥を。アーサはこの家で母胎に宿る。ピーターは思う——妹なんかほしくない。村の住民は思う——あの家の衆は、じきに土地を売っていなくなるだろう。家では水が漏れ、雨どいが詰まり、ドアがキーキーと音を立てる。ときおりピーターは赤ん坊を海岸に連れ出し、砂の上に放置して、潮が満ちてくるのを見守っている。

時間は進路を見失い、揺れ動いてごっちゃになる。だれもが同じ瞬間に生き、死にかけている。家は五十年近く建っている、基礎は敷かれたばかりだ、土地はむき出しで農業にすらあまり向いていない、海岸にはクジラがいる。

ピーターは思う——こんな腐った土地、いくらで売れるっていうんだ。

アーサは思う——二度とここには戻ってこない。

シーラは思う——二度とここには戻ってこない。

セプテンバーは思う——ジュライが＊＊＊ならいいのに。

ジュライは思う——わたしは＊＊＊たくない。

ミノムシがミノを作り、クモは越冬用の袋に入る。家の下には小動物の骨が埋まっている。庭にはイラクサが生え、根が地中で迷路のようにからみ合う。アーサは家の中で兄と喧嘩し、キッチンカウンターの下で爪を一枚失い、歯を血で汚す。シーラは家の中で、まだ生まれていない子供たちを夢に見る。壁についた小さな木炭の汚れのような姿を。家に人がいないとき――よくあることだ――村人がたまに窓を割って侵入し、天井の低い居間で酒を飲み、ビールの缶を暖炉に投げ込み、ベッドで自分たちの子を作り、壁の高いところに足跡を残す。ピーターはまだ子供で、海に双眼鏡を向け、沈没しかけた小舟を探している。シーラは静かな寝室で出産している。彼女を囲む家は身じろぎもせず、幼子（おさなご）のように目を凝（こ）らす。シーラとピーターは風呂でセックスしている。湯が床を濡らし、シーラの指はピーターの口の中で曲がっている。ピーターとアーサの両親が寝室でセックスしている。羽根布団を頭からかぶっており、差し込んでくる光は赤い。シーラとピーターが台所で喧嘩し、壁に当たったグラスが砕けて飛び散り、二人は目をつぶり、グラスは割れる直前にキャッチされ、シーラはそれを握り締めており、持ち上げて飲もうとしている。家は海岸のほうへじっと目を凝らす。そこではセプテンバーとジュライが腰まで海につかり、顔を火明りに照らされている。

シーラ

1

家とは肉体であり、自分の体は何よりもまず家であると、彼女は最初からわかっていた。彼女はあの美しい娘たちを宿していたではないか。それにいままでずっと、もっと小さく、もっと重い子供のような憂鬱を宿してきた。興奮と愛と絶望も宿していたし、この〈セトルハウス〉では、ふり払うのが難しいとわかった激しい不安を、日々の活力を奪う重い疲労を宿している。

雑音が多すぎて眠ることができない。夜にはたいてい、ぶつかる音、とどろく音、たくさんの足音、窓が開いて閉まるバタンという音、悲鳴のような突然の爆音が聞こえる。夢うつつで部屋の外へ飛び出すこともあるが、そこには決まってだれもいない。ときおり闇の中で目覚めたまま、この家は何よりもまず一つの体なのだと改めて考える。初めてここに来たとき、同じように感じたのを覚えている。あのときはセプテンバーがお腹にいて――不恰好な妊娠、ピーターはたまにそう言って、後ろ姿はまったく妊婦に見えない女性を通りで指さした――四六時中ちょっとした変化を敏感に察知していた。気温の変化、家のにおいの変化、空気が部屋を満たす様子の変化。越してきたときは妊娠八か月で——もっとたっていたかもしれない——体がほてりやすく、日によって違う食べ物が大好きになったり大嫌いになったりし、たまにわけもなく、部屋の中にいるのが耐えられなくなった。セプテンバーが予定より二、三日遅く生まれるころには、この家は自分と似ていると確信していた。刻々と変化する存在、肉をまとった見苦しい存在、ときには壁より外へ膨れ上がり、ときにはひどく熱くなって汗が目に溜まる。

ピーターの家族のうち連絡をとっているのはアーサだけで、それも頻繁にではなかった。娘たちの誕生日にはカードが届いたし、お互いの家の中間地点にある陰気な道端のパブで会ってランチをとったりもしたが、仲がいいわけではなかった。家族としての義務を果たしていただけだ。シーラにはわかっていた。アーサは——いつも堅苦しくて礼儀正しいから、決して口には出さないだろうが——ピーターが死んだのはある意味シーラのせいだと思っている。子供たちがまだ赤ん坊のころ彼からとりあげたこと、最後まで耐え抜かなかったことを罪だと思っている。娘たちが生まれる前の三年間は、ときどきアーサと休暇を過ごした。ピーターと三人でウェールズやスコットランドの安いコテージに滞在した。ピーターは双眼鏡を持って出かけ、女二人はコテージの外のガーデンテーブルを挟んで座り、アーサがときどき子供のころの話を聞かせてくれた。兄と妹の関係を支配していた小さな暴力の瞬間について。とはいえピーターが戻ってくると、アーサは彼を追いかけ回し、料理を作ってやり、贈り物を与え、彼に認められようと躍起になった。シーラは自分もそんなふうになりかけていると感じて不安になった。

ピーターはさながらブラックホールで、彼の引力につかまったものは長くは生きていられない。ピーターとシーラは、シーラが去るまで五年間いっしょにいたが、彼女は毎年のように——とりわけ娘たちが生まれてからは——思っていた。今度こそ、出ていく頃合い、今度こそ。

　ピーターが死んで一年後、夜中に電話がかかってきた。アーサの震える声が雑音の中で高くなったり低くなったりした。いままで伝えられなかったの、ごめんなさい、兄さんが亡くなった、話はそれだけ。アーサがぐずぐずしていたのをシーラは責めなかった。ピーターを愛し、同時に憎むとはどういうことか理解していた。

　学校で起きたことのあと、シーラが電話した相手はアーサだった。アーサはヨークシャーにコテージを所有していた。シーラはその家でセプテンバーを産み、最悪だった一年のあと、娘たちとその家に滞在した。あのころ娘たちはまだ幼く、シーラがアーサに必要なものを告げると、アーサは躊躇（ちゅうちょ）なくいいよと答え、借主に電話して出ていってくれと伝えた。

　夜中の足音、閉めたはずなのにあいているドア、スイッチを切ったのにいつもオンになっているボイラー、メールもろくに送れないほど速度の遅いインターネット。シーラは自分自身に抗（あらが）って、意味ある人生を拒絶しており、家も同じ態度をとって、旧式のコンピュータよろしく機能停止しようとしていた。

　ある夜、だれかが倒れたようなバタンという音。足がガウンの腰ひもに絡まり、あやうく転びそうになった。武器が要るときに備えてベッドサイドのテーブルに置いてあるグラスをつかみ、階段の下へ目を凝らす。居間の明りがつけっぱなしだ。階下におり、薄闇の中であちこちを向いて異状を探した。何も起きていない。だれも彼女たちを殺そうと侵入してはいない。列車が通り過ぎた直後のように、空気に残る一筋の跡——ピーターだ、間違いない。戻ってきたのか、ずっとここにいたのか。と、そのとき、部屋がまた縮んでくるように見え、自分は疲れていて、失ったものを嘆いているのだと気がついた。明りを消し、階段を上がってベッドに倒れ込んだ。

　あの子たちがとても幼かったころ。彼女の二人の娘。一人がもう一人を追って生まれてきた。ジュライが生まれたばかりで、セプテンバーがまだ一歳にもならなかったあの最初の日々。二人の父親は一週間ほど前から留守にしていた。彼女たちがしばらく——たいていベッドの上で——過ごしたオックスフォードの部屋、母乳のにおいと、淹れてだいぶたったハーブティーのにおい、ジュライを腕に抱えてセプテンバーに読み聞かせた絵本。やることがあんなにあるのは初めてで、皮膚が薄布なみにすり減るような気がした。娘たちを愛するのは、買い物袋を抱えて坂を上るようなもので、シーラはときおり確信することがあった——この子たちはシーラの基礎となる部分を求めている、シーラの体を構成する煉瓦をばらばらにして、また中に入りたがっている。

　それより前、〈セトルハウス〉、セプテンバーは生まれたばかり、ピーターは夜中に火事になった船さながら。燃えながら航海し、ほかの船をすべて道連れにする。彼女の手首を握るピーターの指、彼女には理解できなくて、それでも彼が使い続ける言語を話すピーターの声。それ以前にも出ていってと告げたことがあり、今回は拳で彼の顔を殴りながらそう叫んだ。ピーターが出ていったあと、シーラは抽斗（ひきだし）の奥かマットレスの下かパジャマのポケットに鍵を隠し、夜中にピーターが中に入ろうとする音でときおり目を覚ました。ピーターは怒鳴（どな）ったりせず、静かに家の外を歩き回って、入口を探していた。後年──ピーターがオックスフォードの家に侵入しようとするとき──シーラは母オオカミよろしく、娘たちの寝室の敷居に横になり、二人が同じ夢を見て寝言を言うのに耳を傾けた。夢を見ることができたなら、どんな夢を見ただろう。彼を愛していた日々の夢、彼の手の形の夢、娘たちがお腹にいたときの圧迫感の夢。ときたま、二人を産むべきではなかったのだろうかと思うことがあった。結局のところ愛だけでは十分ではなかった、あの種の愛では。

ジュライがまだ生まれてもいないころ、よくセプテンバーをバギーに乗せてユニバーシティパークに散歩に行った。セプテンバーはシーラの大きなお腹に頭を当て、何かぶつぶつつぶやいていた。

なあに。何を言ってるの。

するとセプテンバーはにこっと笑ってシーラのお腹を撫でた。

妹よ。

歯の少ない口でのほほえみ。

　娘たちがあんなふうになるとは思いもよらなかった。庭の中、チャリティショップでねだられた二着の白いワンピース、泥んこの膝、寄せ合った顔。二人はいつも何か大きな秘密を、二人だけにわかる真実を話しているようだった。シーラが来合わせると二人の目に浮かぶ表情。いきなり流れる沈黙、シーラは入り込めない。二人と仲良くなろうとして陳腐なおしゃべりをする自分の声。彼女自身の子供たち。学校で教師たちから二人について言われたこと——孤立、無関心、結託、歳のわりに幼い、ときおりひどく残酷になる。シーラに叱られたときのセプテンバーの顔、ジュライの顔、お互いに向け合うまなざし。二人はある男の子のペットのハムスターをトイレに流そうとした。二人はある女の子にその子の両親が離婚しそうだと伝えた。また別の子にはサンタクロースなんかいないと教えた。

　あの子たちの食べ方。セプテンバーは最初から好き嫌いがひどく、緑の野菜も、赤い野菜も、黄色い野菜も食べようとせず、シーラが料理に野菜を混ぜたり練り込んだりするとなぜか必ずかぎつけて、お皿を下げるまで悲鳴をあげつづけた。ジュライは違った。食いしん坊で、人参スティックやブドウをもぐもぐしているときがいちばん幸せそうだった。顔を汚し、歯のない口で笑っていた。セプテンバーが赤ん坊のジュライにささやきかけたり、ジュライの手から野菜でいっぱいのお皿を押しのけたりするのを見かけたことがある。そしてジュライも食べ物を拒むようになった。セプテンバーが五歳、ジュライが一歳下になるころには、二人とも——見たところ理屈も秩序もなく——異様なえり好みをするようになっていた。一週間パンケーキ以外何も食べず、翌週はミカンと皮をむいて刻んだリンゴだけ。とりわけ厄介な週、シーラは二人に赤ん坊形のグミ（ジェリーベイビー）以外のものを食べさせようと躍起になった。意地を張っているだけだから、一人がやめればもう一人も従いますよ、と医者は述べ、シーラもそのとおりだと思った。セプテンバーよりもジュライのほうにひどい影響が出ていた。ジュライは家で作ったもの以外なんにでも疑いの目を向け、顔色が悪くなり、髪も薄くなってきた。セプテンバーは首謀者だが、ジュライは健康を害していた。その後、二人の食べ方はましになったが、いまでもチーズサンドイッチばかり——ときには（めったにないことだが）玉ねぎかマヨネーズも入れて——食べている。耳は切り落として、食べやすい三角形に切り分けたものを。

二人はひどく幼かった。十歳と十一歳のとき、六歳をやっと過ぎたように見えた。子供っぽい巻き舌の話し方、髪に編み込んでくれと言い張るリボン。ティーンエイジャーともなると、それはますます目立つようになった。学校での二人はほかの子とはまったく違っていた。頭はいいが発育不全、世間知らず、幼稚で屈託がない。二人がお互いを子供時代に閉じ込めているのではとシーラはよく疑った。お互いの体に腕を回して、しがみついて。

セプテンバーが十三歳になった年のハロウィーン。二人ともいきなり背が伸び、長い手足をどこにでも投げ出し、口にはガタガタに並んだ歯がひしめいた。二人はキッチンテーブルに載せたカボチャを叩き切った。シーラは二週間に一度、姉妹の片方と夕食をとる計画を実行に移していた。一人は家で留守番させ、もう一人を連れて麺を食べにいったり映画を見たりする。

セプテンバーは激怒し、たいてい口をきかず、目の前の料理をむしゃむしゃ食べた。だがジュライはひそかに喜んでいるのでは、とシーラは思っていた。自分の声に姉の声が重ならないところで、学校のことや読んでいる本のことを話す機会を。それまでハロウィーンを祝ったことはなかったが、娘たちはホラー映画を好むようになり、何か月も前からどんなふうにするか計画を練っていた。家の中には糸でぶら下げたクモや偽物のクモの巣、柔らかい眼球の入ったバケツが点々と飾られた。シーラは廊下で安物のプラスチックの箒(ほうき)につまずいた。娘たちは魔女の帽子をかぶって、台所で壁にカボチャを飛び散らせていた。

母さんがいっしょに行ってもいいんだけど。六時半、二人がカボチャに入れる蠟燭(ろうそく)に火を灯し、衣装に着替えていたとき、シーラは声をかけた。

来なくてもいいんだけど、とセプテンバーが言った。ジュライはつらそうな顔をした。何も言わなければよかった、とシーラは後悔した。分別を働かせればよかった。前の晩、セプテンバーが背後から近づいてきて、シーラのお腹に腕を回し、五歳のとき以来初めてぎゅっと抱き締めてくれた。そのことにほっとするあまり、注意深く引かれた境界線を越えられるような気がしていた。

だれかが、と常に平和を保つ役目のジュライが言った。家に残って子供にお菓子を渡さなくちゃ。

七時になると、二人はトリック・オア・トリートに出かけ、シーラはこっそり家を出て、安全な距離を置いて二人についていった。生垣(いけがき)の後ろに隠れ、二人が家々に近づくのを見守った。

ジュライがセプテンバーのほうに首をかしげ、話を聞いている。二人は『シャイニング』の姉妹に扮し、顔に小麦粉をはたき、髪をカールさせている。二人がそっくりに見えるはずはなかった――ジュライはシーラに似すぎていたし、セプテンバーは父親に似すぎていた――が、二人の身のこなしにはどこか人を戸惑わせるものがあった。まるで未完成なドッペルゲンガーのように、同時に頭を回したりするのだ。出歩いている子供は多くなかったが、何人かは目についた。シーラが見ていると、ジュライとセプテンバーは作戦を立て、小さい子たちのバケツをのぞき込んで、どこそこの家は訪問する価値があるかと確かめていた。暗くなってきたので、シーラは近づくことができ、たまに二人が話していることや、ジュライが抱えているボウルの中でお菓子がカタコトいう音が聞こえてきた。街灯が落とす明りの中へ出ていって、いっしょに歩きたくてたまらなかったが、距離を置いたまま根気強く尾行し、二人がドアをノックすると立ち止まり、戦利品に喜んで笑いながら出てくるまで待っていた。二人は一軒の家に通じる長い小径(こみち)を歩いていき、シーラは塀にもたれて街路の先へ目をそらした。自転車がチェーンでつないであり、バスがガタゴト走っていく。ふり返ったとき、二人の姿はなかった。早足で歩いたが見つからなかった。街灯の柱のそばにお菓子の入った二人のボウルが置いてある。それを見てパニックになり、走り回って通りかかった人たちに尋ね、警察を呼ぼうかと考え、かわりに家をチェックするために駆け戻った。叫びながら部屋を見て回り、ふり返るとセプテンバーが開いた戸口に一人で立っていた。顔をきれいにぬぐい、何かを期待する表情だ。

ジュライがいなくなった、とシーラは思った。目を離すんじゃなかった。こうなるとわかってた。

どこに――と言いかけた瞬間、ジュライが笑顔で現れた。お菓子をみんななくしちゃった、気にしないで。

大丈夫よ、とシーラは言い、ジュライに、二人に腕を差し伸べた。

あとになって――そんなことを思いつく自分を憎んだが――セプテンバーが企んだのではという考えが浮かんだ。生まれたときからシーラに反抗してきた、厄介ですばらしい娘。食べ物を拒み、乳房に目もくれず、買い与えるおもちゃを嫌い、苦もなく（そのように思えた）シーラの反感を買う方法を知っている娘。セプテンバーは実のところ、シーラが尾行していると知っていて、何もかも計画したのだろうか。置いてあるお菓子のボウルを見つけさせ、自分が最初にドアを入ってくるのを見せて、ジュライの身に何かあったと思わせたのだろうか。

　セプテンバーは妹になんでもさせることができる。昔からずっとそうだった。セプテンバーのジュライへの態度を見ると、ときおりピーターの自分への態度を思い出した。愛情をお預けにすることで優位に立ち、優しげな気遣いで支配力をくるみ込んでいた。同じじゃない、何度もそう思った。セプテンバーはあの男には似ていない。ただ、ときどき疑念が生じるのだった。

　二人のつながりが緩むように見え、結果として、一人一人の気質が――セプテンバーのきつさも、ジュライの不安定さも――和らぐ時期が、成長の過程で何回かあった。こうした時期は、二人のわずかな年齢差による不一致がもたらすのでは、とシーラは思っていた。セプテンバーの歯が初めて抜け、ジュライの歯はまだだったとき。セプテンバーが初潮を迎え、ジュライは二、三か月遅れて迎えたとき。セプテンバーが言葉を覚え、ジュライはまだ話せなかったとき。そういう時期は比較的ましだった。そんなことを思う自分はいやだったが、二人が切っても切れない仲ではないほうが――シーラの入り込む余地が多くあるほうが好ましかった。ジュライは夕食後に台所にやってきてシーラとおしゃべりする。セプテンバーはシーラが制作中の絵本をときどき読んで手紙をくれる。シーラは何度も考えた。二人を別々の学校に転校させてはどうだろう、何か整然としたルールを課してはどうだろう、二人を別々に診てくれるセラピストを探してはどうだろう。だが実行には移せなかった。お互いのそばにいる二人のいかにもうれしそうな様子、二人が脱脂綿のようにお互いに巻きつけている守りたいという思い。シーラにはきょうだいがいなかったが、二人を見ているといればよかったのにと思った。

初めて娘たちを描いたのは、二人ともごく幼いころだ。それ以前にも何冊か絵本を手掛けていたが、大した作品ではなかった。週に五日、ときには六日、ブラックウェル書店のレジ係として働き、あいた時間に本のアイディアを探していた――腰を据えてとり組むにふさわしいアイディアを。机がないのでベッドで文章を書き、出来の悪い絵はマットレスの下に隠した。

娘たちは階下で遊んでいて、やけに長いこと静かにしていた。シーラはスリッパを履いて二人の様子を見に下りていった。二人は椅子の背にかけたコートとソファのクッションで巣穴みたいなものを作っていた。ジュライが中にいて、何やら呪文めいた言葉を唱え、セプテンバーがソファの上で両腕を掲げている。

たいまつもってるの。シーラが入っていくとセプテンバーは彼女に向かって叫んだ。それとこっちがロープだよ。わかった？

わかった、とシーラは言い、上階に戻って二人を描いた。ソファは崖になり、巣穴は洞穴(ほらあな)になり、娘たちはそこにいた。ペンと紙によってわかりやすい子たちになった。抱き締められる子たちになった。

十五歳と十六歳になっても、二人はあいかわらず強く結びついていた。セプテンバーは妹のかわりにあらゆる質問に答え、二人の食事は共用のお皿の上で注意深く二分され、二人の頭は一つの枕の上で寄り添っていた。もっとエスカレートするのではないかとシーラは心配だった。何かがあふれ出すのではないか、セプテンバーが怒りに流されるのではないかと。そして実際、そのとおりになったのでは？　すべては高まり、高まり、高まって、ついにあふれ出した。運命の日を迎えた家に鳴り響く電話、電話に出ようとして踏み外した最後の一段、受話器を上げるときのわずかなためらい、そして吸い込んだ息。

2

初めて娘たちとこの家にやってきたとき、セプテンバーはまだ十一歳、ジュライは十歳だった。その前年、セプテンバーは――シーラが反対したのに――姉妹の誕生日を同じ日にすると言い張り、九月五日が二人の誕生日になっていた。二つのケーキ、二つのプレゼント、二人の髪に編み込むリボン。

丸一年、シーラは書くことができず、ベッドから出るのもやっとのことだった。診てもらった医者に処方された薬のせいで、腰まで沼につかっているような気分になった。薬で自分を痛めつけるのはいやだったが、ほかのこともしたくはなかった。服薬をやめ、予約していた治療セッションをキャンセルし、アーサに電話してあの家はあいているかと尋ね、車に荷物を詰め込んだ。セプテンバーは旅の前半、運転席の背もたれを蹴っては、違うラジオ局にしてくれと言ってきた。シーラの考えでは、あの家に行けば息がつけるはずだった。何もかも遠くへ去り、白い壁は安らぎそのもの、寝室は人を優しく受け容れてくれる。自分の肉体は信じられないが、あの家は三人を繭（まゆ）のように包み、シーラにはできなくなった形で三人を守ってくれるだろう。

最初の何日かは快適で、来てよかったと思った。天気はすばらしく、三人はできるだけ長く屋外で——浜辺や海の中で過ごし、ブランケットに寝そべったりサンドイッチを食べたりした。海は冷たく、日差しは熱く、自分が日焼けするのがわかり、セプテンバーに髪をひっぱられる痛みも感じた。浜で見つけたアザラシの死骸に悲しくなったし、ジュライがつまずいて潮だまりに顔から突っ込みそうになったときは笑い声をあげた。ジュライはよくシーラの膝で丸くなって眠ってしまった。セプテンバーは沖合に見える鳥たちの話を聞かせてくれた。

だがそのあと、嵐の日が訪れた。雨音に起こされ、家の中にいるしかなかった。バスルームの鏡に映る顔は、自分の皮膚をまとった偽物のようだった。娘たちの声が癇に障り、二人の話す言葉はどれも苦痛の種に変わった。壁が近くにありすぎるようで、シーラは閉じ込められていた。

ある恐ろしい金曜日には——カレンダーで何曜日か確かめねばならなかった——何もかもうまくいかなかった。シーラは台所でマグを割ってしまい、彼女の中のあらゆる窪みや空洞を絶望が満たした。安心、苛立ち、怒り、興奮、長く楽しい一日による疲労、それらがどういうものかは覚えていたが、いまこのときはただ恐ろしいだけだった。お、そ、ろ、し、い。その言葉が目の奥に一文字一文字現れる。家のどこかで音がする。ガチャガチャいう音、次いで短く鋭い叫びがすぐに押し殺される。割れたマグをそのままにして娘たちのところへ走った。ジュライの顔にも両手にも血がついていた。生気のない灰色の中、警報のように鳴り響く赤。どうしたのという問いかけには、セプテンバーの引き結んだ口と伏せた目、ジュライの無理強いされた怯え混じりの沈黙が返ってきた。何があったの。どうしてこんなことに。いったい何考えてたの。切り傷は浅く、流血のせいで大事に見えただけだった。ジュライの傷に絆創膏を貼り、二人を寝室に連れていき、水を飲ませ、見守りながら座っていると、セプテンバーのしかめ面に我慢できなくなった。自分のベッドに戻って、ドアをあけたまま横になり、二人が動き回る音、何もなかったように笑う声に耳を傾けた。なんて日なの。こんな日に生きているなんて。もう耐えられない。あの子たちはいつまでも遊んでいればいい、母親のことなど考えず、自分たちが二人きりだと気づきもしないで。玄関で靴を履いてコートをはおり、壁に打ち込んだフックから車のキーをとった。

丘を登るとき車が二、三度エンストしたが、そろそろと走らせ、ワイパーのスイッチを入れた。何年も前に一度、ピーターと出かけたパブを覚えており、勘に頼って車を進めた。たどり着いたとき駐車場は満杯に近く、車は端に押し込むように停めた。

パブは込んでいたが、ためらったりはしなかった。五十代の男たちのバンドがカバー曲を演奏しており、子供連れもいて、二、三のテーブルではティーンエイジャーが強い酒を飲んでいる。ビールを注文して静かな隅の席を見つけ、三杯立て続けに飲んだ。周りの客も同じように、飲む気満々で酒をあおっている。犬たちがキャンキャン吠え、部屋の真ん中で争っては飼い主のところに駆け戻り、また喧嘩をしにいく。子供たちもそれに加わり、悲鳴をあげ、噛まれ、笑い、ばたばた走り回る。フライドポテトを注文し、ケチャップをつけて食べた。バンドの演奏する曲がアップテンポになり、歌詞が早口すぎて曖昧になり、聞きとれなくなった。だれかが椅子にぶつかってきたので、ビールを半分こぼしてしまった。ぶつかった男がかわりのビールを買ってくれ、歯を見せて笑いながら謝罪するあいだ、シーラは男を観察した。腹の底と胸の奥に恐れを感じる。まるで屈服するような気分だ。男は年寄りじみた手、後退した生え際(はぎわ)、少し突き出た張りのあるビール腹という外見だが、唇はふっくらしていてセクシーだった。男は彼女に質問し、シーラは相手の知りたがることをなんでも教えてやった。男の言葉にも、ビールの味にも、自分が着ている服にも、家に置いてきた子供たちにもひどくくたびれていた。男は彼女の腕に手をかけた。

おかわりは?

ここでは飲まない、とシーラは言った。

二人は車を連ねて走らせた。男の車のヘッドライトがまぶしすぎて、でこぼこした道がよく見えない。シーラはせき込み、冷たい風に当たって頭をはっきりさせようと窓をあけた。二人は家の外で車を停めた。シーラは唇に人差し指を当て、男とともにティーンエイジャーのような忍び足で階段を上り、壁に沿って進み、お互いの口に手を当てて声が出ないようにした。途中、娘たちの部屋の外で立ち止まって聞き耳を立てた。静かだ、二人とも眠っている。

寝室に入ったあと、どうやって互いに近づくか、これほどの酔いをどうするかという問題をなんとか解決した。男もだれかと寝るのは久しぶりだったのかもしれない。シーラには、たとえ悲しみのせいで没頭できなくても、自分がどれほどこれを欲しているかがわかった。頭の中で一つの曲がくり返し鳴り響き、いくつかの言葉が思考の中で破裂音を立てていて、我慢できないほどだった。セクシーとは程遠いあらゆることが絶えず頭に浮かんでくる——医者の予約、この部屋での出産、壁一面を照らす救急車のライトの色、ズッキーニを刻む作業、洗濯物を干し忘れたときのにおい。

男はシーラの乳首を吸っていたが、そこは敏感すぎて痛かったので、シーラは男の体を押し下げた。男はいそいそと従い、シーラはクリトリスを求めて外陰部を探る相手の見慣れない頭部を見つめていた。男はじきに探し当て、シーラはすぐに行きそうになった。オーガズムは——そのときの硬直する感じは——あまりにも快感で、あまりにも恐ろしかった。そのあと挿れられるのはいやだったので、仰向けになり、相手が彼自身の乳首に触れるあいだペニスをしごいてやると、やがて向こうが目を見開いた。男が達するとき、何か音が聞こえたような気がして、もう帰ってと告げ、服を着て出ていく姿を見送った。

朝には何もなかったかのようだった。娘たちは庭にいて、物干し紐にぶらさがっていた。腕を広げると、ジュライが髪を乱しながら駆けてきて飛び込んだ。シーラはジュライを抱き締めた。ジュライの肩の向こうで、セプテンバーが注意深い目で二人を観察し、片方の靴の先で土にトンネルを掘っていた。シーラは目を閉じてセプテンバーの姿を締め出した。

ジュライ

1

二日酔いだよ、とセプテンバーが言い、わたしのために鎮痛薬を砕いてその粉を牛乳に混ぜ、桃缶をあけ、バスタブにお湯を張ってくれる。

どうやって家に帰ってきたのか思い出せない、とわたしは言い、着ているワンピースの裾を持ち上げ、裏地からソファの上に砂がこぼれるのを見つめる。

わたしが運んだ、めちゃくちゃ重いんだね、とセプテンバー。

セプテンバーはバスルームでわたしのワンピースを頭から脱がせる。ワンピースは海藻と血のにおいがする。セプテンバーがお湯をかき混ぜているとき、裏地に目をやると赤茶色の染みがついている。そして、そう、わたしはあのときの彼の手を思い出す。わたしに触れていながら触れていなかった。彼の口はそこにあったのにそこになかった。バスルームの床に触れる膝が痛み、便器の中の嘔吐物はシードルと肉の色だ。セプテンバーがわたしの顔に張りついた髪をはがし、掌(てのひら)で額の汗をぬぐってくれる。

少しあざができてる、身を寄せてきて顔のそばで言う。

え？

セプテンバーがわたしの胸の上部をつつく。その痛みがまた吐き気の波を引き起こし、頭は本来の大きさの十倍に膨れ上がる。目を落とすとそれが見える。赤みがかったいくつかの新しいあざ、かなり大きい。セプテンバーが別のあざをつつき、わたしはうっと声をあげて彼女の手を払いのける。

指の跡だ、逆さまの形を見ながらわたしは言い、セプテンバーはわたしの両腋に手を差し込んでひっぱり上げる。自分で叩いたんでしょ、この飲んだくれ。入って。

お風呂は熱くて気持ちよく、わたしは口から上だけ出してお湯につかる。セプテンバーは便座に腰かけ、わたしには理解できない手信号を次々に出してよこす。お湯が薄赤くなり——あの日、プールでもそうだった——心の底とお腹に痛みがある。

わたしにも感じられた、とわたしは言う。

なんの話？　セプテンバーは爪を歯でくわえてひっぱっている。

あれが起こるのを感じた。

セプテンバーは両脚を便座に引き上げる。へえ、すごい。

わたしの身にも起こったの。間接的に。両手も口もいっぱいになったみたいで、そのあと少し痛みを感じた。セプテンバーもそうだった？

あれは重大なことに思えていたのに、セプテンバーは平然とした顔だ。

かもね。

魔法みたい、とわたし。二人でいっしょに処女をなくした。魔法みたい。

わたしは顔の上までお湯が来るように沈んでいき、どんな感じだったか正確に思い出そうとする。口に入っていた彼の舌、むき出しの脚に当たる冷たい空気。それから焚き火のそばで彼がわたしに身を寄せ、肩同士を触れ合わせ、頬に唇を当てたのも思い出す。彼はわたしを求めていた。そんなことあるだろうか。そう、彼はわたしを求めていて、そのときセプテンバーがワンピースを頭から脱ぎ、彼をひっぱっていってしまった。

わたしが彼のこと好きだとわかってたくせに、彼とセックスしたんだ。

その言葉をはっきり口に出したつもりはなかったのに、セプテンバーがくるっとこっちを向き、わたしをじっと見つめる。爬虫類みたいに平らで虚ろな顔。両手を掲げ、肩をすくめる。

ジュライは何もしそうになかったから。手伝ってあげた。

何も言わなければよかった、言葉を口の中に引き戻せたらいいのに。セプテンバーはわたしに腹を立てていて、怒りに任せて何をするかわからない。

あいつにも写真を送ればいい、セプテンバーは言い、その言葉があんまり下劣なので、石をぶつけられたように感じる。

二日酔いはひどくなり、頭のてっぺんを押さえつける。肌がじっとりしてるよ、とセプテンバーが言い、羽根布団を二階から下ろしてきて、ソファの上でわたしの体をくるみ、少しずつ飲むように白湯（さゆ）を持ってきてくれる。わたしは浜辺で起きたことをずっと考えている。ときにはセプテンバーの目でそれを見て、ときには自分の目でそれを見る。ぐしょ濡れのワンピースと砂の粒。うとうとしては目を覚まし、口は砂浜みたいに乾いていて、まぶたは糊（のり）で貼ったようだ。目をあけるとセプテンバーがそばに立って見下ろしている。口は歯でいっぱいで、目はソファで寝ているわたしの姿でいっぱいだ。

　しばらくあと、羽根布団を引きずっていって、水道の水を両手に受けてごくごくと飲む。セプテンバーはソファにもバスルームにもパントリーにも台所にもいない。彼女を探して二階に上がる。寝室にも衣類乾燥棚（エアリング・カバード）にもいない。

　母さんの部屋のドアに頭をもたせかける。静寂。わたしにはその勇気がないが、セプテンバーにはあるだろうし、ならわたしにもできるはずだ。ドアノブに手をかけてゆっくりと回し、ドアを押しあけてそっと中に入る。部屋はカビ臭く、べとべとのお皿や汚れたマグが床に重ねてあり、いたるところに水のコップが散らばっている。母さんはベッドに入っていて、頭のてっぺん近くまで羽根布団を引き上げ、顔を向こうに向けている。母さんの脇腹が上下するのがわかる。頭に浮かぶのは、母さんがわたしたちに会わないよう夜中に階下に行き、明りをつけずに動き回る姿、冷蔵庫の光に照らし出されるくたびれた顔。

　部屋の隅に机がある。近づいていって椅子の背をつかみ、広げてある絵に目を落とす。いままでの母さんの絵本は明るい色合いで、どれも家の外——崖の上や森の中を描いていた。わたしたちは塀のてっぺんを走ったり、身を屈（かが）めて薄暗い洞穴を歩いたりしていた。ここにある絵は違っている。全部〈セトルハウス〉の絵だ。何枚かはいろいろな角度から描いた居間。セプテンバーがソファの上で丸くなって寝ていたり、テレビの前に立っていたり、自分の髪を編んでいたりする。ある絵ではパントリーの電球を交換している。絵の中の部屋は狭くて影が濃いように見える。二、三枚を脇へどける。セプテンバーがカウンターでチーズの塊を薄くそいでいる。箱を抱えて階段を上ったり、本を読んだり、文字形マグネットを冷蔵庫の上で並べ替えたりしている。セプテンバーがパントリーのドアの向こうから顔を出し、二段ベッドの上の段から梯子を下りてくる。わたしはさらに絵をめくっていく。わたしの姿を描いたものは一枚もない。絵の山から一枚が床に落ちたので、身を屈めて拾い上げる。バスルームの絵だ。セプテンバーが濡れた髪でバスタブにつかり、膝を顎に引き寄せている。この絵にはほかとは違うところがある。薄明りの中で顔に近づける。鏡に銀色の細長いものが浮かんでいる。これから手の形になりそうなもの。鏡の表面から出てこようとしている。

母さんがベッドで身を起こす。わたしは凍りつく。母さんは両方の拳で目をこすっている、髪はぼさぼさだ。わたしはそろそろとドアのほうへ向かう。

セプテンバー？　母さんが言う。

部屋の外まであと少しだ。母さんがこっちを向いたら、わたしの姿が目に入るのに。もうちょっとで母さんのそばに行きそうになる。わたしの名前を呼んでくれたら、母さんのところに行くのに。母さんはまだ半分眠っていて、夢を見ているのかもしれない。ドアノブに手をかけて回す。

階下に戻るとセプテンバーがソファから立ち上がる。手足は木の枝みたいに長く、顔は幅広く、いままでなかったくらい骨がごつごつと目立っている。パンを分厚く切ってくれるが、わたしが少し勧めようとすると鼻にしわを寄せる。セプテンバーはテレビをつけ、ソファの座面から頭を垂らして、画面を上下逆さまに見る。絵のことを彼女に話したいが、話さないことにする。母さんの本ではいつも、セプテンバーが勇ましいほうだった。二人が十歳のとき、わたしはミノタウロスにさらわれ、セプテンバーが迷宮から助け出してくれた。十二歳のとき、わたしは水槽に落ち、セプテンバーは水がてっぺんまで来る前に、わたしを外に出す方法を考えるはめになった。十四歳のとき、わたしは古書の誤った指示を読み、セプテンバーは世界の終わりが来るのを食い止めねばならなかった。それでも、わたしはいつだって絵の中にいた。たとえ隅っこのほうだとしても。

双眼鏡を見つけたセプテンバーは、首にかけて持ち歩き、ときどき持ち上げてレンズをのぞき込んでいる。

行こう、とセプテンバー。退屈だよ。死ぬほど退屈。

どこに？　わたしの声は哀れっぽい。

さあね。海岸。

彼女は例の目つきをしているから、行きたくないなんてとても言えない。わたしたちはブーツを履く。家の涼しさのあとなので、むき出しの顔に当たる空気が熱く感じられる。太陽が雲を焼き払い、地面はひび割れ、草は茶色になりかけている。

セプテンバーにひっぱられて足を速める。きのうたどったのと同じルートで海岸に向かっている。あれが見えるとわかり、次の瞬間、実際に目に入る。前方にバードウォッチング小屋、小屋の下は暗く急な坂で、あちこちの草が細いのぞき窓に届きそうなくらい伸びている。窓は結んだ口のように壁をぐるっと囲んでいる。

自分が弱々しく泣く声が聞こえるが、セプテンバーはこっちの手を強く握っている。わたしにはバードウォッチング小屋しか見えない。小屋が地平線を隠している。中はどんなふうかと想像する。迫ってくる壁、湿気のにおい、雨降りでもないのに、屋根に激しく当たる雨の音。

海岸に行くんだと思ってた。

しらけること言わないで。

小屋の影がわたしたちの体に落ちる。背中と首、指のあいだの皮膚が締めつけられる。セプテンバーがわたしの腰に腕を回して前へ引きずっていく。わたしの足が地面にこすれる。入口前の階段は苔(こけ)で緑色だ。二人でよたよたと上る。

ほら、行くよ。

この前は見えなかった表示がドアにある——この小屋は使用されていない。立入禁止。お腹が痛くなる。セプテンバーはドアをバタンとあけて入っていく。床にはステラビールの古い空き缶がいくつか転がり、煙草の吸殻がちらばり、コンドームの包みも一つ落ちている。腐ってもろくなりかけた木と、根や植物のにおい。両手を膝に当てると眩暈(めまい)が襲ってきて、徐々にひどくなり、やがて収まっていく。セプテンバーは跳ね回って缶を蹴とばしている。わたしをベンチのほうへ連れていって座らせ、わたしがいつのまにか首にかけていた双眼鏡を外して、こっちの顔に当て、小屋の側面ののぞき窓に向ける。

何が見える？

返事をしないでいると、不満げになって、わたしの顔から双眼鏡を外す。

潮が引いてる、と彼女は言う。浜に少し鳥がいて、虫だか小さいカニだか探してる。何か黒いものが海に飛び込んだ。魚を捕まえたんじゃないかな。

ひどい寒気がしてくる。唇が紫だよ、とセプテンバーは言い、わたしの指を口に入れて吸い、温めようとするが、指はなぜか入れたときより出したときのほうが冷たい。何かが起きている。海岸は白亜色に変わる。父さんもここに来ていたのだとわたしは思う。厚着をして、保温水筒やサンドイッチ二、三個を携え、長いこと座っていたのだ。

夕闇が空をどんよりと白濁(はくだく)したコーヒー色に変え、それとともに新たな始まりが訪れる。セプテンバーは鋭く息を呑んで身を乗り出す。わたしの目の周りは痛く、視界は激しく震えるいくつかの影のせいでかすみ、あたりは暗くなっていく。

あそこに何かいる、と彼女が言う。双眼鏡をわたしの目に当て、無理やり外を見せる。

鳥たちはちっぽけだが、おびただしく集まって、上昇し、下降し、空に筋を刻んでいる。降りてきてはまた震えながら昇って——まるで波だ——そのあと生い茂る葦(あし)の中へ突っ込んでいく。小屋の中にいても翼の音が聞こえる。最初のグループより大きな別のグループがやってきて、やはり葦の中へ降下し、それと同時に、別の方角から来た第三のグループがあいた空間を埋め、光の薄れていく空をかき乱し、互いに呼び合い、湧き上がるように飛び回り、草の中へ舞い降り、ふたたび吸い上げられたように上昇する。茎（くき）のあいだを何か黒くて巨大なものが動いている。右へ左へ押し寄せ、すさまじい音を立てている。そのときわたしは理解する――あれは鳥たちだ。あんまり密集しているから一頭のけもののように見え、葉叢（はむら）の中を騒々しく動き回って、止まれる場所を探しているのだ。

頬に熱い涙を感じる。わたしは立ち上がる。セプテンバーが小屋の戸口に立って、帰っていくわたしを見ているのがわかるが、ふり返らない。砂地で滑り、転びそうになる。夜空は晴れていて、泡立つような星でいっぱいなのに雨の音がする。潮のうねりは遠くないところにあり、家の屋根が組んだ腕のように斜面の向こうに現れる。わたしを呼び戻そうとするセプテンバーの引力を感じる。わたしの中を必死に流れる、失われなかった血のとどろき、まるで救いのように目の前に現れる家のドア、中に入るとふいに広がる静けさ。

セプテンバーが家に帰ってくる音を待ちながら、眠りかけた状態で横たわっている。夜中に外にいる彼女を想像する。複数の体から成る生き物のように葦のあいだを駆け抜け、波打ち際まで下りていき、一千の頭と翼で砂を掘る。ベッドの上に彼女の重み、わたしの髪を撫でる彼女の手の感触。

その後、眠りを張りつかせたままバスルームに行くと生理が来ている。タンポンの包みを手探りし、うまく挿入できず、もう一つあけるはめになる。トイレットペーパーについた血はいつもと違って茶色く固まっており、肋骨（ろっこつ）はいつかだれかが学校の集会で演奏したアコーディオンの蛇腹（じゃばら）のようだ。水を流したとき、左の前腕に一ポンド硬貨大の何かがあると気がつく。こすり、指をなめ、またこする。とれない。皮膚にしわが寄って灰白色になっている。水道の水をかけてもそのままだ。

2

もうかくれんぼをする歳じゃないでしょ、と母さんはいつも言っているが、わたしたちは気にしない。セプテンバーはかくれんぼがとても上手だ。わたしは台所にいて数を数え、彼女がどたどたと去っていく音に耳を傾ける。例によって行ったり来たりするので、足音がどこに向かっているかわからない。彼女がいちばん好きな遊びは雪の中でするかくれんぼだ。わたしに見せるために足跡を残し、ときどき行く先をごまかすためにその足跡を踏んで引き返したり、両手でにせの足跡をつけたり、雪で足跡をすっかり覆ったりする。するともう、彼女がどこに行ったかわからなくなる。わたしは百まで数える。探しにいくよ。

すぐ思いつく場所がいくつかあるので、真っ先にそこを探す。ソファの後ろ、暖炉の隅、バスタブの中、書棚のある階段の後ろ。探した場所にセプテンバーの姿はない。そんなところに隠れるほど下手くそではない。パントリーにもいない。電球はまだ切れているが、わたしはドアを押さえてあけたまま、長いこと耳を澄まし、棚の列をのぞき込む。

階段を何度か上ったり下りたりして、セプテンバーを牽制する。わたしたちのかくれんぼでは、隠れる場所を何度でも好きなだけ変えていい。あっちからこっちへこっそり移動し、鬼がもう探した場所に行ってもかまわない。セプテンバーはよく狭い場所に隠れたがる。体が収まらないくらい狭い場所に——ベッドの下にいたり、戸棚に無理やり潜(もぐ)り込んでいたり。わたしは寝室に行って忍び足で歩き、ほとんど音を立てずに戸棚のドアをそっとあける。相手の不意をつけたら、達成感はひときわ大きい。そのとき、何かが廊下で木の床を転がるガラス瓶のような音を立てる。わたしは腕を大きく広げて突進する——みーつけた。でも彼女はそこにいない。何もそこにはない。

自分の位置を明かしてしまったので、今度は床を大げさに踏み鳴らし、騒々しい音を立てて素早く移動する。わたしたちの寝ている寝室は、だれかがきちんと整頓してくれている。わたしでもセプテンバーでもない、つまり母さんだ。海岸でのパーティの前に部屋のあちこちやベッドの下段にちらかした服は、畳んで一着ずつ床に並べてある。どの服の上にもタイツやショーツが丸めて載せられ、身につけるもの一式がそろっている。まるでだれかが脱ぎ捨てたばかりのようだ。ベッドの下段の羽根布団が不自然に盛り上がって丸くなっている。わたしは戸棚をあけてハンガーをガチャガチャいわせ、服のあいだを探すふりをする。そのあと腕をふってバランスをとりながら、大きな三歩でベッドに近づく。

　羽根布団の下に足の裏がちらっと見えたような気がする。布団を引きはがす。アハッという歓声が舌の上にあって、いまにも口から出てきそうだったのに、呑み込むはめになる。ベッドは空っぽだ。上の段に登るがそっちにも彼女はいない。

　布団を床に放り出し、また廊下に出る。わたしは怖くなり、一瞬——一瞬にも満たないあいだ——自分の体がセプテンバーの体だと想像し、廊下の両側に脚をつっぱり、両手を腰に当てて耳を澄ます。やかましい家。キーキーきしみ、シューシューうなっている。ボイラーの音、どこかで水が垂れる音、バスルームで換気扇が回る音。衣類乾燥棚(エアリング・カバード)のドアをあけ、そっと中に入ってドアを閉め、しゃがみ込む。

　熱いボイラーにうっかり腕がこすれ、目の前の壁のほうへ思わず両足を突き出す。踵(かかと)がぶつかった壁が動き、向こうへ倒れる。壁ではない壁だ。あいた隙間からのぞき込むと、あっち側に空間がある。家の外壁と内壁のあいだ、体がやっと通れるくらいの狭い通路。完璧な隠れ場所。さすがセプテンバー。わたしはもう怖がらない。セプテンバーを見つけたら、彼女はきっとわたしに満足してくれる。

　わたしはその空間に這い込み、背後の倒れた板を元に戻し、立ち上がって進み始める。肘を内側に寄せ、掌で咳を抑えながら。汚い床に足跡がついているのが見える——後ろの衣類乾燥棚(エアリング・カバード)から薄く光が入ってくるし、壁からも光が差しているみたいだ——くっきりした跡、足指の一本一本がちゃんと見分けられる。追跡の手がかり。一つ一つの跡に足を乗せるとぴったり一致する。耳を澄ますと、たしかに何かが前方を遠ざかるような音がする――壁の角を回り、息を吸い込み、笑い声を押し殺して。セプテンバーったら、なんて愛おしいんだろう。両手を口に当てて、自分も笑い出しそうなのをこらえ、足跡を踏んで乱しながら、もっと足早に先へ進む。

少し行ったところで足を止める。床に何かがちらばっている。屈み込んで拾い上げる。古くて干からびたアリの死骸。ポケットに入れる。

パタパタと素早く移動する音が近づいてきて、大きく鳴り響く――わたしは身を起こす――音は角を曲がってこっちにやってくる、どんどんそばまで来る。わたしはセプテンバーに触れようと腕を突き出し、目をつぶり、彼女がわたしに向かってやるように、上昇音階を彼女のために口笛で吹く。お祝いの歌。怖がるなんて思いもよらない、そのときは、その瞬間は。あたりがしんとする。目をあける。だれもいない。わたしは前へ進んで、もぞもぞと角を回り、壁に沿って続いている通路に目をやるが、そこは空っぽだ。下を見て確認しても、埃の中に足跡さえない。その途端、わたしは恐怖に満たされ、よろよろと引き返し、仕切りにぶつかり、身を屈め、なんとか不器用に通り抜けようとする。いまは全身がジュライで、セプテンバーの図太くて陽気な度胸のよさは、わたしの中に一つも残っていない。

セプテンバーは廊下に立っている。両手を腰に当て、こっちをじろじろ見る。その足が汚れているのではと目を落とすが、履いている黒い靴下は清潔だ。

ジュライはかくれんぼが下手くそだね。何か見ようか。

わたしたちはソファに身を沈める。セプテンバーの熱くて少し金（かな）くさい息が頬に当たる。わたしは彼女の指と肩に触れ、彼女の顔の横を撫でる。セプテンバーは身を引き、テレビ番組を見ながらハミングの音を立てている。何度も見たから、目をつぶっていてもナレーションできるネイチャー番組。わたしは背筋を伸ばす。

壁の後ろにいたとき、あれどうやったの？

え？

聞いてる？

わたしの肩に向かってうなずく。

どうやってあんなに速く壁の外に出たの。

セプテンバーは頭を起こしてこっちを見る。目を狭めているので、瞳は細い筋でしかない。

壁の外に出た？　冗談やめてよ、ジュライ。

わたしの言ってること、わかってるくせに。衣類乾燥棚（エアリング・カバード）の向こう、板が緩んでるとこ。あそこに隠れてたんでしょ。

違うよ。

違わない。足音が聞こえたのに、いなくなっちゃって。怖かった。

セプテンバーはこっちに向かって目をぱちぱちさせる。テレビの光がその肌を湿地に変えている。彼女は舌で唇を湿らせる。そんなとこに隠れてたんじゃないよ、ジュライ虫。あんたが見つけたんでしょ、覚えてないの？　ベッドの中にいたじゃない。あんまりいい隠れ場所じゃなかった。この家、かくれんぼには向いてない。次は砂丘でやるといいかも。

セプテンバーの顔を見ると、向こうもまばたき一つせずに見返してくる。口喧嘩が始まりそうな気配。自分は絶対引かないから、あんたがとり消しなさいよ、と言っている頑固な表情。わたしは嘘がうまかったことがないが、それはセプテンバーには当てはまらない。二人とも小さかったころ、セプテンバーはよく、何かを内緒にするという約束をわたしにさせた。でもわたしはいつも秘密を漏らしてしまった。サイドボードからお金をとった？　母さんが訊く。このトイレットペーパーに火をつけた？　物干し紐のはしっこ、地面に埋めた？　ううん、とわたしは言うが、首のあちこちが熱くなって、言葉はしどろもどろになる。一度、先生がわたしを脇へ連れていって尋ねた。セプテンバーがあなたのしたくないことをやらせているの？　わたしはちがう、ちがう、ちがう、ちがうと答えたが、その〝ちがう〟の下には、こんなときしか頭に浮かばない〝かもしれない〟が潜んでいた。

思い出した、とわたしは言う。セプテンバーの言うとおりだ。夢を見てごっちゃになってた。セプテンバーはわたしに向かってほほえみ、わたしの頭を回し、髪をいくつもの房に束ねて、頭皮からぴんぴん突き出るようにする。

セプテンバーはベッドに入るがわたしは眠れない。家は夜中には様子が違う。わたしはどこの明りもつけず、何度もうっかり壁にぶつかり、家具にはね返される。何一つ昼間と同じ場所にないのは間違いない。目がだんだん慣れてきて、物の形が見え始める。あそこにソファが、あそこに本棚が、あそこに台所かパントリーに通じるドアが。

できるだけ急いで水を四杯飲む。玄関の横に吊るしてあるコートのポケットを全部のぞいて、とれたボタン三個、わずかな小銭、丸めたティッシュ、犬のビスケットを見つける。それを床に並べて同心円を作り、そのあとすべてを大きさの順に——大きいものから小さいものへと——冷蔵庫に入れていく。冷蔵庫の光がわたしの周りだけを照らし、どこもかしこも影に包まれて薄暗く、よく見えないところでたまに何かが動くような気がする。目が痛いので冷蔵庫を閉め、顔を上に向け、肘を後ろに引き、カニのようにしゃがんで床を歩いていく。壁にもたれかかり、両脚を上げて、そのままできるだけ長く逆さまになっていると、やがて血が全部頭に押し寄せてくる。

バスルームに行く。母さんがわたしたちのいないあいだに掃除しているので、ブリーチのにおいが漂(ただよ)っているが、部屋の隅っこは汚れているし、蛇口の根元には水垢(みずあか)がこびりつき、バスタブの栓の穴にはもつれた細いものが詰まっている。わたしはトイレの水を流して鏡の前に立つ。自分の姿を見つめ、何かが起きるのを待っていると、やがてゆっくりとそれが始まる。わたしはいままでになくセプテンバーそっくりに見える。わたしの顔の形は彼女の顔の形、わたしの目は色が薄くなって狭められ、その目つきは彼女がよくする目つきとそっくりだ。建物に侵入したところを見つかった泥棒みたいに、わたしという外皮の中から彼女がにらみつけている。鏡に映る腕の上で斑点が大きくなっているのがわかる。いまや下は手首の近くまで、上は肘のしわのあたりまで伸びている。セプテンバーはコートみたいにわたしを着ている。

台所に行き、抽斗をあさる。風が窓の隅をガタつかせ、わたしは先端が細くてちょうどいいのを見つける。

バスルームに戻る。斑点にはしわが寄り、そこの皮膚はよれよれになった絆創膏のようだ。親指でサイズを測る。ナイフを構え、前腕のその箇所をえぐる。皮膚が少しはがれてくる。耳がわんわん鳴っている。ナイフを差し込んでまた少しえぐる。しわの下の柔らかい皮膚は凝乳（ぎょうにゅう）のようで、大きくべろっとはがれる。裏はべとべとしていて、黄色っぽくて醜（みにく）い、いやなにおいのする肉にくっついている。表皮はしわやぶよぶよの箇所に損なわれ、下の肉はところどころ白くなっていて、皮膚といっしょに毛もはがれてくる。痛みはなく、次いで痛みがやってくる。だれかが何かを叫んでいるのが聞こえる。その声は叫んでいる——何やってるの？　セプテンバー、いったい何を——

3

朝、セプテンバーがペンキと刷毛（はけ）をくれて、居間に色を塗ると言う。彼女はその考えにうきうきし、元気いっぱいに見える。音楽をかけ、両腕を上げてダンスし、お尻を左右にふる。わたしもダンスするが、セプテンバーがそれを見て笑い、マカレナを踊ってるおっさんみたいだと言うので踊るのをやめる。

わかった、とわたしは言う。それじゃ一人で家具を全部動かすよ。だけど本当は気にしていない。

ソファを持ち上げて部屋の真ん中に移し、テレビを引きずって壁から離し、空っぽの棚も移動させる。家具の後ろになっていた壁はペンキがはがれかけ、漆喰（しっくい）も傷んでぼろぼろになっている。わたしたちはスプーンと壁紙はがし用のへらで漆喰をごっそりこすりとる。セプテンバーはわたしの顔にスカーフを巻いて、粉をひどく吸い込まないようにしてくれるが、わたしはしょっちゅう手を止めて休憩し、バスルームに行って粉混じりの痰を吐かなくてはいけない。缶に入ったペンキがやけにたくさんあるのに、どの色もなんだかしっくりこない。

母さんは赤が好きじゃないよ、とセプテンバー。

好きだよ、だってあのドレス。

一回しか着てない。

うーん。でも青は絶対好きじゃないよね。

知らないくせに。

知ってる。

結局、台所から片手鍋を持ってきて、紫を作ろうと二、三色を混ぜ合わせると、狙った色に近いものができる。二人とも休憩し、わたしは母さんが出しておいたに違いないパンとチーズを食べる。セプテンバーにも少し食べさせようと思い、それを遊びにして、彼女の口めがけてパンをひゅっと放るが、セプテンバーは鼻にしわを寄せるだけで、わたしがやめるまでにらみつけてくる。

　夜のうちに腕に包帯を巻き、あちこちをテープで止めておいた。セプテンバーが気づいて、どうしたのかと訊いてくれるのを待つが、彼女は目を留めたとしても何も言わない。バスルームに行き、水を流しておしっこしているふりをしながら体を調べ、ほかにも斑点や奇妙なできもの、以前はなかったものがないかを確かめる。包帯の縁をひっかいてはがしてみると、柔らかいかさぶた、治っていない傷があるはずなのに、夜のうちに斑点が元に戻ってさらに悪化している。皮膚は厚く、少しむけかけている。しかも新しい斑点まである。太腿（ふともも）の上のほうで、最初のより大きい。ズボンを下ろしてそこをきつくつまむ。皮膚はオーブンペーパーなみにかさかさで、ざらついていて、オックスフォードのかつての家にあった妙な壁紙のようにぼこぼこしている。わたしは力をこめて色を押し出そうとする。ニキビを潰すみたいに。だけど斑点はそのままだ。夜のあいだにまた体が縮んだに違いないと思い、両手を輪にして太腿の周りにぎゅっと巻きつけてみる。セプテンバーがわたしの名前を怒鳴り始め、一語一語のあとにファックと付け加えるので、ズボンをひっぱり上げて居間に戻る。

　ほら、とセプテンバー、やろうよ。

　刷毛にペンキをつけて壁を塗っていく。腕をリズミカルに上下に動かし、できるだけ広い範囲をカバーする。大成功とはいえない。はがれた漆喰が刷毛にこびりつき——刷毛がねとねとした感じになり――壁の穴はペンキで塞がるが、表面はでこぼこで、ざらざらで、みっともなく見える。それでもわたしたちは作業を続ける。いまさらやめるわけにはいかない。顔に大きな汚れがついて妙な気分だ。口の中にも鼻の孔にもペンキが入り込んでいる。セプテンバーがわたしを元気づけようと、刷毛で自分の髪をこすり、まぶたを撫でて、同じような汚れをつける。

わたしは壁を見る。母さんきっと気に入るよ。

きっとね。

わたしたちは部屋を一周しながら塗っていく。思ったより大変な作業で、腕が痛くなり、肺は焼けるようだ。わたしはソファに寝そべって休憩し、うっかりクッションにペンキをつけてしまう。セプテンバーは作業を続け、壁にペンキをはねかけ、そこに指をこすりつける。

時間は奇妙な流れ方をする。後戻りしたり前に進んだりして、わたしの頭をくらくらさせる。目を上げると、壁はまだほとんど塗れていなくて、細く一筋塗ってあるだけだ。次に覚醒すると、壁は全部塗られていて、セプテンバーがバスルームのドアを閉めるところだ。何もかもゆっくりになってじわじわとしか進まず、彼女の顔がドアの隙間で細くなっていくのを見るうちに、何時間も、ひょっとすると何日も過ぎていく。顔はそこにある、ある、もうじき消える、消えてしまった。また目を覚ますと、セプテンバーはてきぱきと作業し、壁に沿って素早く進み、刷毛をぐいぐい動かしている。わたしの顔のペンキはすでに乾いていて、覆われた箇所がひりひりする。

お腹空いた、とわたしが言うと、セプテンバーは手を休め、クランペット（イーストを使ったパンケーキ）を探してきてトーストし、バターを塗ってくれる。わたしはぺろりと食べ、二つ目を食べたくてたまらなくなる。

わたしたちは下塗りを終わらせ、休憩もとらずに、また部屋を一周しながら上塗りをしていく。

乾くまで待った方がよかったんじゃない？　十分くらい働いたところでわたしは言うが、セプテンバーはうなっただけで先へ進んでいく。

ペンキはべとつき、刷毛は固まってくる。わたしたちは休みなく働き、暗くなりかけたころ作業を終える。両腕の筋肉がずきずきしている。

周りを見回すと、明りがついていて、セプテンバーはどこにもいない。ずっといっしょに部屋の中を進んできたわたしの影が、いまはほぼ真下にある。影が両手でわたしの両足をつかんでいるみたいだ。壁は濃い紫色。セプテンバーと大声で呼ぼうと口を開いて、またすぐにつぐむ。ギャーギャーわめかないで、と彼女は言うだろう。行きたくなったら行くから。部屋は前より小さくなったように見える。ペンキを塗ったことで、自分たちを洞穴に閉じ込めてしまったのだろうか。

窓の脇に、とりわけ湿った感じの一点があり、少し窪んでいる。近づいていって手を伸ばし、人差し指で触れると、そこはふやけていてさらにへこむ。指が壁を突き破って向こうの冷たい空間に入る。指をひっこ抜く。壁の内側から音が聞こえる。がさがさごぼごぼと何かが動いている音、何千という翼がばさばさいう音。穴に耳を当てて聞く。鳥たちが地上めがけて降りてくるとき、葦のあいだを突き進むとき、立てていた音だ。

顔の横がかゆい。頰を手でぴしゃっと打つ。アリだ。それを見つめ、そのあと壁を見つめる。壁からアリの群れが湧き出てくる。べとつくペンキのせいで動けなくなり、じたばたし、体を引きはがそうと懸命になっている。あとから来るアリたちは、動けないアリの上を越え、その体を利用して這い進んでいく。おびただしい数、多すぎて数えられない。どっとあふれてくるので、もろくなっていた壁が崩れ、アリたちの小さくて頑丈な体に破られて穴が広がっていく。何かが壁の中で悲鳴をあげている。穴の周りに風が吹き、くちばしが突き出て漆喰を砕く。小さな黒い体が現れるが、翼はひっかかっていて出てこない。わたしはそれに触れる。ぶるぶる震える羽毛のぬくもり、苦しげでせわしない鼓動。

アリたちは鳥に群がり、その体に埋まり、その体を覆い、羽毛の下へ這い込み、わたしは口を開いて叫びに叫ぶ。

とても遅い時間でとても暗く、わたしは寝室にいるが、どうやってここに来たのかわからない。わたしは仰向けに寝ていて、セプテンバーが上から屈み込み、両膝でわたしのウェストを挟み、額同士を触れそうなくらい近づけている。彼女の目は閉じている。わたしが少し身じろぎすると、彼女の膝がこちらの胴を締めつけ、彼女の広げた両手がこちらの胸を押さえ、指が体に食い込む。口を開いてセプテンバーに向かって叫ぼうとしても、彼女が大きく息を吸うと、わたしが言おうとした言葉は全部吸い出されて彼女の中に入っていく。
なんて夢なの、とわたしは思う。なんて夢なの。すると朝が来ていて、わたしは指で突き破った壁の前に立っている。一晩中ここにいたのかもしれない。穴はない。表面に手を走らせてチェックする。ペンキはすでに乾いて、小さな粒やみっともない垂れ跡が残っているが、壁はしっかりしている。

4

〈セトルハウス〉では、気まぐれな夜がぶつぶつ言い、眠りは頭の上に重ねられた毛布のようだ。延々と続く昼間は疲れがひどく、やがて包み込むような闇が訪れる。咳をしながら目を覚ます。階段のてっぺんで足を止めて、息をつかなくてはいけない。吐き気を感じないのは、目についた食べ物をなんでも口に入れ、すぐ必死になってかき込んでいるときだけ。〈セトルハウス〉での二週間。セプテンバーが生まれ、彼女が——見たところは——くつろいでいる家での二週間。セプテンバーはわたしには聞こえない言葉を聞いているように、ふいに動きを止め、何も言わずにふらりとどこかへ行ってしまい、何時間もたってから目をきらきらさせ、歪(ゆが)んだ笑みを浮かべてまた現れる。ときどき疲労の中から、飢えの中から、ある考えが浮かび上がってくる。その考えはそこにあったかと思うと、すでにほとんど沈みかけている。あの日、テニスコートで何かがあった。わたしたちが思い出せない何かがあった。

〈セトルハウス〉は重荷を負っている。この家が負っているものは、母さんの果てしない悲しみ、セプテンバーの気まぐれな怒り、わたしの静かな失敗——だれかがわたしにさせなくてはいけないことを、わたしはちゃんとやれたためしがない。それからめぐる季節、周りの灌木地帯にいる小動物の死、わたしたちが愛や怒りを込めて投げ合う一言一言。

わたしはテニスコートを覚えていないが、ほかのことは覚えている。わたしたちは十一歳と十歳で、薄暗い〈セトルハウス〉で〝セプテンバーは言う〟をしている。昼間だがカーテンを引き、ランプにカーディガンをかぶせて光に色をつけている。青と緑。窓の近くにはオレンジ色の光の輪。母さんが下りてきて夕食にピザを作ったので、焦げた生地のにおいがまだ漂っている。セプテンバーが母さんと喧嘩して、母さんはまたひっ込んでしまった。セプテンバーの目は細くなっている。わたしはあらゆる手を尽くして彼女を宥めようとする。

セプテンバーは言う、ロボットになって。

わたしは機械っぽく体をひねり、腕を肩からぎくしゃくと回し、セプテンバーは拍手する。

セプテンバーは言う、自分の手にキスして。

わたしは手に口を押しつけ、指をなめ、掌に唇を当てたままでいる。やがて彼女が笑い、その声を聞くと満足感が込み上げてくる。

動いて、と彼女は言い、わたしは動きを止める。自分に火をつけて。わたしはじっとしている。自分の腕を折って。わたしは動かない。目が見えなくなるまで叫んで。わたしはまばたきもしない。

セプテンバーは言う、フラメンコを踊って。わたしは足をばたばたさせ、両手をひねり、三つ編みを頭の周りになびかせて、部屋をぐるっと回る。

セプテンバーは言う、マヨネーズを全部食べて。わたしはうーっとうめくが冷蔵庫から瓶を出して、ティースプーンを手にソファに座る。セプテンバーはわたしを監視し、ときどき一匙(さじ)か二匙手伝い、わたしのペースが落ちてくると声援を送る。お腹が痛くなるが完食して、瓶を頭上に掲げ、セプテンバーの歓声を聞く。母さんが階段を下りてくる音がしたので、二人とも慌ててバスルームに入る。わたしはドアの板に耳を当て、母さんが二階に戻るかどうか様子をうかがう。母さんが台所を歩き回る音がする。

セプテンバーは言う、蛇口のお湯を一分間手にかけて、と後ろからセプテンバーが言う。本気なのか確かめようとふり返るが、彼女は鏡で自分の顔を見ながら、頬の皮膚をひっぱり、首をつついている。わたしはお湯を流し、その下に手を差し出し、大声で数えていく。わたしがちゃんとやっているか確かめようと、彼女の目がちらっとこっちを見るのがわかる。お湯が熱くなるのには時間がかかるが、一分が過ぎるころにはかなり高温になっている。わたしの手は真っ赤だ。セプテンバーはわたしの指を吸い、頭を撫で、洗面台の横に体をひっぱり上げて腰かける。わたしはゲームを終わらせる口実を思いつこうとする。逃げ道を見つけようとする。でもセプテンバーの速さにはかなわない。

セプテンバーは言う、一分間息を止めて、と彼女は言い、わたしが頰を膨らませ、目をぎゅっと閉じているあいだ、かわりに数を数える。

セプテンバーは言う、あたしを平手打ちして、と彼女は言い、わたしは手を引いて彼女の顔に軽く当てる。ほとんど音はしない。セプテンバーはうんざりした顔をする。命を一つ失くしたよ。セプテンバーは言う、あたしを平手打ちして。わたしはもう一度手を引いて、彼女の頰にばしっと当てる。頰はみるみる赤くなり、彼女は痛みにわめき、それからけたたましい笑い、やがてわたしも笑い出したので、彼女の言ったことがよく聞こえない。

え？

セプテンバーはわたしを見ながらくり返す。

セプテンバーは言う、あんたのここを切って。首の付け根を指さしている。セプテンバーは言う、すぐにやって、でないと完全にゲームに負けちゃうよ。セプテンバーは言う、さっさとやって。

一瞬、やらないでおこうかと考え、でもすぐに、やることになるとわかる。空気が固まっている。母さんは台所でばたばた音を立てているが、間に合うようにやってきてはくれないだろう。このゲームがこんなふうになるのは初めてだけど、そうなりそうな気配は常にあった。セプテンバーは言う、このちっちゃい電池を吞み込んで、信号が赤のときに道路に寝そべって。

薬戸棚はやっと手が届く高さだが、どうにかそこをあけて、母さんが脚を剃るのに使う剃刀の包みをとり出す。剃刀のヘッドから母さんの黒っぽい毛がたくさん突き出ている。一つとって鎖骨のあたりに素早く走らせる。何も起こらない。もう一度、今度は横向きにしてやってみる。するといきなり鋭い痛みが走り、熱くて濡れたものを感じ、音を立ててしまい、その音はバスルームの外、台所にまで響いたらしく、次の瞬間、母さんがそこにいて、状況を見てとり、手を差し伸べ、ひょっとすると今回はやっぱり母さんに話してしまい、セプテンバーとの仲にはひびが入り、二度と元に戻らないのかもしれない。だけど母さんは騒ぎ立て、一分間に十通りの質問を浴びせ、戸棚から絆創膏をひっぱり出し、わたしは何が起きたのか母さんに話さない。セプテンバーがわたしを抱いていて、わたしは母さんに話さない。

日々は赤い針で縫われ、血によって綴り合わされている。あの日のバスルームの血、海岸の血、スイミングプールの血。わたしは腕の斑点をつつき、その下を見たくなるが、斑点ははがれない。今日はお腹にも砂糖衣をかけたような斑点ができている。セプテンバーに見せようかと思うが、彼女はまた機嫌が悪く、どすどすと歩き回り、邪魔な家具を押しのけ、時計を間違った時刻に合わせている。わたしたちがきのう、ペンキをせっせと塗ったときのやる気は消えてしまった。わたしはセプテンバーについて回り、彼女の踵にぶつかり、彼女を転ばせそうになる。

いい加減にしてよ、とセプテンバーが噛みつく。ほっといてくれない?

わたしは後ろに下がるが、完全に離れたりしない。彼女の怒りは潮のようにわたしを引き寄せる。彼女の髪は汚く、金髪に泥のかたまりがこびりつき、肩には焦げた紙みたいなものが点々と散っている。この日はとても暑く、家の空気は淀んでいる。母さんが買ったに違いないアイスクリームを冷凍庫で見つける。袋を二つあけて、片方をセプテンバーに差し出すと、気でも違ったのかという目で見られる。自分のをぺろっとなめると、肌がひんやりしてかゆみが収まっていく。

すごくおいしいよ、とわたしが言うと、セプテンバーは差し出されたほうをわたしの手から叩き落とし、アイスクリームは床に落ちてタイルの上で溶け始める。アイスの棒を握り締めると、それが手に食い込み、わたしは次第にがさがさになる自分の肌はどうなっているのかと考える。このままこれが進んでいったら、全身がかちかちになってしまうだろう。

大丈夫？　とわたしは言う。セプテンバーの目はやけにぎらついていて、見ていると痛いくらいだ。ねえ、セプテンバー？

写真のこと知ってた、と彼女は言い、その表情を見てわたしは察する。彼女はわたしを傷つけたくて、そのために言えることはなんでも口にするつもりなのだ。スマホなんか見るまでもなかった。あんたがしてることはわかってた。あいつがあんたに送ったメッセージを見たし、あいつからじゃないのもわかってた。あいつからのわけないじゃない。おバカなジュライ虫。

アイスクリームが溶けて手の上に流れ、びっくりするほど冷たい。セプテンバーはわたしを見ておらず、どうやってかわたしを透かして背後のドアを見ている。

あんたがああなればよかった、とセプテンバーは言うが、わたしが何も言えないうちに、だれかが郵便受けをガタガタ揺らし、両方の拳でドアをノックする。小石の転がるドライブウェイを歩く音、何かにつまずく音、割れた植木鉢の山にぶつかる音。窓から影が差して汚れたカーペットの上に落ちる。わたしは床に倒れ込み、セプテンバーのとなりにうずくまる。

その人は顔を汚い窓に近づけ、両手を双眼鏡みたいに目の周りに当ててよく見ようとしている。その人がわたしの名前を呼び、わたしはセプテンバーをふり返るが、彼女はいなくなっている。いつのまにか二階に行ってしまっている。外にいるのがだれなのか、なんとなく見分けがつく。赤い髪、肩の無骨なライン。

ドアをあけにいくと、家のどこかでセプテンバーが警告の口笛を吹くが、追いかけてはこない。

ジョンは腕をむき出しにして、少し照れたような顔をしている。やあ、ちょっと寄ろうかと思って。

わたしの記憶にある彼とはだいぶ違っている。彼とセックスに近いことをするのはどんな感じだったか思い出そうとするが、あれが本当のこととは思えない。ジョンはわたしに屈託のない笑顔を見せる。

きみの顔が見たくてさ、と彼は言う。これ持ってきた、と酒瓶を掲げる。少し飲む?

彼の体は点滅する道路標識のように人の気を散らし、わたしは人間同士がどういう会話をするものか思い出せない。セプテンバーが来て、この状況をなんとかしてくれたらいいのに。セプテンバーなら彼をそっけなくあしらってくれるだろう。あるいは彼がいてもいいと決め、愛想よくふるまい、何を話したらいいかちゃんとわかっているだろう。こんなふうに願う一方、わたしは彼女が戻ってこなければいいと思っている。

きみの母さん、家にいるの？　ジョンが訊く。ずっと日なたにいたらしく、白い肌は焼けて、首周りの皮がむけている。腋に汗の跡がある。

姉さんは二階。セプテンバーは二階にいる。

この報せに対する反応を探るが、ジョンは興味がない様子で瓶を持ち上げてじかに酒を飲む。セプテンバーが二階で歩き回る音が聞こえる。学校での諍(いさか)いのあと、母さんがオックスフォードでやっていたように、部屋から部屋へと移動している。

セプテンバーは家にいるの、わたしはもう一度言う。

オーケー、ジョンはわたしに向かって目を見開く。

連れてこようか？

返事はない。

ジョンは家の奥まで入ってきて、あたりを見回し、いろいろなものに興味を示す。天井の梁(はり)、窓の大きさや形。わたしたちはソファに座って瓶から飲む。ジョンは早口であけっぴろげに話し、わたしはあまり言葉を挟まなくていい。彼が話すのは、男兄弟のこと——みんな彼より年上で、手に入れた車を片端からぶつけて壊している。それから学校で付き合っている二、三人の女の子のこと。どれも大した話題ではない、他愛のないおしゃべり。女の子の話をするとき、横目でわたしのほうを見るので、そのことについて、彼がほかの女の子と付き合っていることについて、セプテンバーはどう思うだろうと訊かれているのがわかる。わたしはまた困ってしまい、彼女が下に来てくれたらいいのにと思い、彼女に腹を立て、ジョンに腹を立てる。瓶をとって口をつけると、飲み込むとき喉が少し焼けるようで、せき込んでしまう。飲むのをやめると、ジョンが膝に手を乗せてくる。

姉さんはここにはいない、とわたしは言う。二階にいるの。

いいじゃないか。

ジョンは海岸でしたように顔を近づけてきて、頬に唇を寄せる。彼の手はわたしの膝の上にあり、わたしはどうしようかと迷い始める。なぜならセプテンバーはここではなく二階にいて、わたしは彼女よりも先に彼のことが、この風変りな赤毛の男の子のことが好きになったのだ。わたしが彼を最初に好きになり、セプテンバーは写真のことを知っていたのにわたしを止めてくれなかった。これをやってしまおう、とわたしは思う。そしてわたしにはわかっている。それをやるのは彼女を傷つけるためだ。彼女がときどきわたしを傷つけるために何かをするのと同じ。鏡に映った自分の顔がセプテンバーそっくりと言えそうだったのを思い出す。

わたしもジョンの膝に手を乗せ、彼はそれを誘いととったらしく、唇がずれてわたしの唇を覆い、彼の息の味がする——この家に歩いてくる途中で吸っていたらしい煙草、朝食に食べたベーコン——セプテンバーもこの味を感じたのだろうか。キスはしばらく続くが、ジョンはそこから先へ進めないか、進みたくないか、進むには緊張しすぎているらしい。以前起きたあれを間接的に経験したのを思い出し、彼のほうへ手を伸ばす。まるで地図をたどるみたいに。ジョンの立てる音がわたしを導き、その音は不快で耳障りだけど、同時に役に立つとわかる。ジョンは一種の結末へと突き進んでいき、わたしはそれに不安を覚える。ゆっくりやるほうがいいと思い、海岸でもこうだったと思い出す。終わりに向かう突進。最初のときは歴史的な事件に感じられたが、あれは実際、わたしの身に起きてさえいなかった。今回はまったく何も感じられない。

同じくらいよかった、事が終わると彼は言う。彼の腕に肩を抱かれているので、首が落ち着かない位置にある。彼がしぼんでいくのがわかる。こないだと同じくらいよかったよ。ジョンは驚いていてうれしそうだが、わたしたち二人を比べるなんてわけがわからない。なんとなく——批判ができるほど自分がこういうことに詳しいとは思わないけれど——姉妹を比べるのは間違ってるような気がする。こないだもきみはこんなふうによかった、と彼は言う。セプテンバーとわたしをごっちゃにしているのだ。見た目はちっとも似ていないのに、彼はわたしたちを混同している。

ジョンは勘違いに気づいて、まるでわたしがペテンに加担したように怒り出すかもしれない。それが心配でじっと横になっている。ジョンは瓶に一インチ残った酒を飲み干し、ふたたび自分の家族のこと、家族が所有する農場のことを話し始める。大人になったら農場とはいっさい関わりたくないそうだ。

家の中に何かがあるのに気がつく。酸素を締め出す喉みたいな緊張が。ジョンは気づいていないみたいだ。おしゃべりを続け、たまに軽く撫でるような手つきでわたしに触れている。家の窓が軽く震え、壁が迫ってくるのがわかる。焦げたゴムのにおい、地面に溜まってくさくなった長雨のにおいがする。ジョンの髪が静電気でパチパチいい、わたしの髪も同じ音を立てる。ジョンがこっちを見たとき、目つきがどこか変化している。どう変わったのかと考え、怖がっているのだと察する。ジョンは咳払いしてソファの反対の端に移動し、腰を落ち着け、片脚を反対の膝に無意識に乗せる。わたしはどうしたらいいかわからず、暖炉の脇の床に座っている。ジョンはさっきと同じ調子で話をしようとする。家族のこと、家族の車のこと、飼っている犬のことをうわのそらでしゃべり続ける。二階ではセプテンバーが騒々しく歩き回っている。ここからでも彼女の怒りが感じられ、わたしの背骨のてっぺんにその熱が溜まるのがわかる。ジョンの話し声はだらだらと続き、彼の両手は膝の上で開いたり閉じたりしている。その言葉はわたしにはなんの意味もない。あの日、学校であったことを考える。あらゆることがそれについて考える方向へ進んできたような気がする。二階から静寂が流れてきて、階段のほうへ目をやると、セプテンバーがそこにいる。いちばん上の段にしゃがんで、手すりごしにこっちを見下ろしている。

姉さんが来た、わたしはジョンに言う。

ジョンはためらい、わたしを見てから部屋をぐるっと見回す。オーケー、と彼は言う。会ってもいいよ、きみがそうしてほしいなら。ジョンはおとなしくなり、なんだか縮んでしまったようだ。家に来たときの威勢のよさはすっかり消え失せている。ぜひ会いたいな、と彼は言う。

会ったことあるじゃない。わたしはジョンにいらいらする。彼の内に潜む愚かさに、このくだらない茶番劇に。会ったことあるじゃない、大声で言うと、ジョンの肩がきゅっとすぼまる。海岸で。わたしたち二人に会ったでしょ。覚えてないの？

ジョンはかぶりをふって立ち上がる。何言ってんのかわかんないよ。

彼にはもううんざりだ。彼がやっているこの悪ふざけには。下りてきてと声をかけるつもりで階段のてっぺんを見上げる。姿を見せて、こんなことを終わらせて。ジョンはドアのほうへ行き、あたふたと靴を履いている。わたしはセプテンバーを探すが、彼女はすでに階段を下までおりて、こっちに近づいてきている。その唇が動いているのに、言っていることは彼女からではなく壁から聞こえてくる。壁が部屋の周りでブーンと音を響かせ、わたしの耳はいっぱいになって、自分の考えさえ聞こえない、セプテンバーの声以外、どんな音も聞き分けられない。セプテンバーは双眼鏡を持っている。ジョンは靴を履こうと必死になり、片足で跳ね、首から上を真っ赤にしている。セプテンバーは双眼鏡を持っていて、それをぶらぶらさせ、その顔はわたしの知っている顔だ。セプテンバーは双眼鏡を持っていて、勢いよくふり、次の瞬間、双眼鏡を持っているのはわたしで、それがジョンの顔の横に当たり、ジョンは一瞬、呆然とするが平気なように見える。だけどすぐ床に仰向けに倒れる。そのまま横たわっている。

5

ジョンの額にはすでに青あざができ始め、皮膚に色がついてきている。わたしの片手には双眼鏡があり、セプテンバーは消えてしまった。居間のわたしの周りにはだれもいない。わたしは震えている。屈み込んでジョンの顔に触れる。息はしているが目を覚まさない。

セプテンバーの名を呼びながら二階に行く。家の中はまた暑く、壁際のラジエーターは燃えるようで、パイプが何度もカンカンと音を立てている。二人の寝室に行ってセプテンバーを探し、母さんが寝ている部屋もそっとのぞき込む。セプテンバーはどこにもいない。ベッドの下も、ワードローブの中も見てみる。きっと出てくるだろう。ふざけているだけなのだ。セプテンバーが笑うとき、どんな顔になるかわかっている。うなるようにつり上がった口の端、バターみたいになめらかな歯ぐき。

一階に引き返す。ジョンは動いていない。殺してしまったんだろうか。パントリーをのぞき、バスルームをのぞく。頭上のどこかで、嵐のせいで木々が折れるバキッという音がして、頭に触れると髪が濡れている。雨の中、外に出ていたように体がずぶ濡れで、両手は煙と焦げたもののにおいがする。バスタブの底には落ち葉と泥が分厚く積もっている。セプテンバーの名前を叫ぼうと口を開くが声は出てこない。

6

嵐のリジャイナが夜のうちに訪れ、土砂降りの雨を降らせていた。だれかの話では、アビントン・ロード全体が冠水し、人々はカヤックで出かけて漕ぎ回り、道路標識の前でそこに行ったという証拠写真を撮っているそうだ。どこかの子供が運河を行くボートから落ちて流れにさらわれ、溺れ死んだ。車で学校へ行くのにいつもの二倍の時間がかかった。バスの半分が運行をやめていたし、学校に着いてみたらいくつかの教室が雨漏りし、使えなくなっていた。

わたしたちは頭からレインコートをかぶって、教室から教室へと駆けていき、校舎を出たとたんずぶ濡れになった。その週の初めには、ぐしょぐしょになったわたしの写真が校庭にちらばり、インクが水たまりにすっかり溶け出していたが、その写真もなくなっていた。

セプテンバーとカースティは二人とも三日間の停学処分になった。登校を再開したとき、セプテンバーは計画を抱え、ひややかな顔をしていた。口を開けば辛辣(しんらつ)な言葉が飛び出した。わたしの言うことを常にさえぎり、ランチのときはわたしが何を食べたいか給仕人に伝え、授業ではわたしのかわりに返事をした。自分のカバンとは反対の肩にわたしのカバンをかけて運び、わたしが課題をやっているとたまに身を寄せてきて答えを書き換えるので、わたしの書いた文字に彼女の文字が重なった。

セプテンバーはすでにリリーたち三人に、放課後テニスコートに来るようにと伝えていた。その会話がどんなふうだったのか、彼女がそこで何をしたがっているのか、わたしにはわからない。その日の朝、セプテンバーはポケットにナイフを忍ばせていた。彼女のとなりで授業を受け、休み時間に連れ立ってトイレに行き、ランチのチーズ入りマッシュポテトを並んで食べながら、わたしはずっと、こんなことやりたくない、やめにしようと伝えることを考えていた。ランチのときは食堂でこんな想像をした——わたしは有無を言わせぬ声を出し、強調のために拳でテーブルを叩き、セプテンバーはいらついた顔をしてから聞き入れるだろう。そのあと二人の関係はほんの少し変化し、セプテンバーはこっちの話を聞くようになり、わたしが何かしたくないと言えば耳を貸し、わたしたちはようやく対等になれるだろう。目を上げると、食堂の反対側からライアンがこっちを見ていた。テーブルの上で腕を組み、眉間(みけん)にしわを寄せて。

何?　セプテンバーがすごい剣幕で食堂の中をにらんだ。

なんでもない、と言いながらも、わたしは——自分を抑えるより早く——考えてしまった。もしもわたししかいなかったら、わたしが先に生まれて、セプテンバーが生まれてこなかったとしたら、どんなふうだっただろう。友達ができたかもしれない。ライアンが授業でわたしに何か尋ね、返事を聞いて笑ったかもしれない。ライアンと校庭を歩いたかもしれないし、彼はわたしの肩に触れたかもしれないし、彼は——

行こう、食べ終わったから、とセプテンバーが言い、わたしの食事を自分のトレーに移してゴミ容器に持っていった。わたしは急にやましくなって彼女のお腹に腕を回し、彼女はわたしの額にキスをした。

嵐はひどく、昼休みに家に帰った子もいたが、わたしたちは帰らなかった。セプテンバーは内側から光り輝いていた。白い歯をのぞかせる微笑、淡いブロンドの髪、彼女の中から先を争って出てこようとする言葉たち。ちょっとした瞬間の一つ一つをわたしは覚えている。セプテンバーが水飲み場に屈み込み、袖で口をぬぐいながら身を起こしたこと。わたしに何度もハングマンをやらせたこと。ページの上で小さな人間ができあがっていった（ハングマンは相手が考えた単語を当てるゲーム。解答者が単語に含まれると思う文字を言っていき、間違えるたびに、首を吊られた人の絵を少しずつ完成させていく）。セプテンバーが選んだのはなんという単語だっただろう。S-W-A-L-L-O-W（呑み込む）、C-A-V-I-N-G（陥没）、B-U-R-I-E-D（埋葬された）。彼女はしきりに時計をチェックし、わたしはそんな彼女の顔に目を向けて、そこをよぎる表情を見つめていた。興奮と苛立ちを。

ランチのあとの授業は、セプテンバーが数学、わたしが体育だった。更衣室は雨漏りしていて寒かった。わたしは自分の肌がポリッジみたいになるのをながめた。先生は退屈そうにスマホを見ていて、わたしたちは往復ダッシュをやらされた。走りながら屈んで白線にタッチし、回れ右して逆方向へ走る。ライアンもいた。わたしは気づいていなかったが、そのとき彼がさっと走り過ぎた。痩せた腕が胸の横で弧を描き、短パンからのぞく骨ばった膝はかすんで見える。先生がホイッスルを吹き、わたしたちは息を切らしながら太腿に手をついて集合した。ライアンがとなりにいる。わたしは床に目を落とし、彼が履いているすり切れた運動靴を見つめた。ライアンは呼吸を整え、首の汗をぬぐった。

ねえ、と彼は言った。わたしに話しかけているとだれにも気づかれないよう、小声でささやいている。返事はしなかった。

謝りたかったんだ、と彼は言った。あんなことになってさ。謝りたかった。

屋根のどこかに穴があいているため、雨が降り込んでしぶきを散らし、水たまりを作っていた。空気は汗ばんだ足のようなこもったにおいがした。彼のにおいもしたと思う。彼のデオドラントのかすかなにおいが。そのとき何か言うこともできた。二人の距離を縮める言葉を口にすることもできた。だけど先生がまっすぐ立てと怒鳴っていたし、嵐の音はさっきより近づいていた。ライアンは少しだけ笑い、ぱっと駆け出して白線に戻っていった。

セプテンバーが更衣室の外の廊下で待っていた。雨は躊躇なく叩きつけるように降り、側溝から水が大量にあふれて流れを作っている。彼女がすでに、これからの展開を考えているのがわかった。心ここにあらずといった顔だった。

ねえ、とわたしは言った。ライアンが謝ってくれたと、だからもういいのだと、何もしなくていいと伝えたかった。あとたった一年すれば学校とは縁が切れるし、一年というのはそんなに長くないし、卒業すればここで起きたことなんか思い出しもしないと。準備はいい？　とセプテンバー。あいつらより先に着きたいの。

言いたかった言葉は喉のすぐ下でつかえていた。川をせき止める丸太のように。それは言葉だったが、同時にためらいであり、反復であり、休止であり、言い淀みであり、空白であり、過ちだった。

セプテンバーはすでに歩き出していた。わたしはあとを追った。

7

わたしたちは校舎をあとにして、校庭をとぼとぼ歩いていく。草は泥とごっちゃになり、陸上競技のトラックはあらかた消えてしまっている。クリケットのネットは裂け、折れた枝とからみ合っている。遠くの隅に埋もれている防球ネット、だれかが忘れていったシャツ。ふり返っても校舎は豪雨に包まれて見えず、ときどき窓のかすかな明りが浮かび上がる。嵐は襲いかかり、わたしの視界をかすませる。風の音は土砂降りの音にかき消されそうだが、ときたま表に出てくる。嵐のせいでわたしは体をほとんど二つに折り、二人ともまったく先へ進めなくなりそうだ。ときおりセプテンバーがとなりに来て手を握り、指でわたしの手首をとんとんと叩いて興奮を伝える。かと思うと、手をポケットに突っ込んで、じわじわとわたしを引き離し、後ろをふり返りもしない。わたしは遅れないように足を速める。腐りかけた草のにおい、わたしの濡れた髪。校庭の端には木立があって、下生えが茂っている。イラクサのやぶ、背の高い草。

〈セトルハウス〉でわたしは何かをしゃべっている。言葉がわたしの顎を歪める。木々の中を——木々の中を——

木々の中を歩いていくと、セプテンバーの姿がちらちら見える。ぬかるんだ地面や木の幹を蹴り、顔を空に向けている。学校のこのあたりに来るのはひさしぶりだ。道は次第に荒れてきて、露出した木の根が上へねじれている。雨の雫(しずく)がレインコートの首元から入り込み、服の襟を濡らし、鼻の先からしたたり落ちる。セプテンバーはもうかなり木立の奥にいて、粘(ねば)り強く前へ進んでいき、木の幹に隠れてはまた現れる。まるでわたしがここにいることも忘れてしまったみたいだ。セプテンバーはわたしのためにここにいるわけじゃない、とわたしは思い、立ち止まり、学校に引き返そうかと考える。何もかも終わるまでトイレに隠れているか、母さんに電話して大声で伝えればいい——わたしはやりたくないの、怖いの、どうしたらいいかわからないのと。

木立が少し途切れるところでわたしはためらう。風の重みに打ちのめされ、なんとか呼吸しようと必死になる。古いテニスコートのフェンスが見えるかと目を凝らすが、どうにか目に入るのは、投光照明の切れ切れの光線か、背の低い物置小屋の姿くらいだ。セプテンバーに呼びかけようかと考え、両手を上げて口元を囲う。その手はまた体の脇に垂れ、声は出てこない。

先へ進むと決めたので、遅れまいと足を速め、つまずいて転びそうになる。イラクサはところどころ、わたしの頭近くまで伸びている。二人の周りで森が低くうなり、木の間ごしに見上げる空は真っ白だ。遠くで聞こえる何かは雷鳴かもしれないし、新しい幹線道路を走る車の音かもしれない。いまではテニスコートと物置小屋がはっきり見える。セプテンバーは小屋へ向かっている。小屋はずんぐりした形で屋根は苔に覆われ、一枚の壁はぶざまに傾き、もう一枚は朽ち果てているので、中の様子が目に入る。わたしは幹にすがって木から木へと進み、立ち止まるのはふり返って見るときだけだ――リリーかほかの子がもうやってきたかと。だけど校庭は広くて空っぽで、木々は密集しすぎている。低い口笛の音が耳に響く。ひょっとするとわたしにだけ聞こえる周波数。

〈セトルハウス〉で、わたしという存在は肉体から遊離し、形も輪郭も失い、過去の記憶にとり込まれている。

物置小屋まで来る。川岸に生えているニンニクのにおいがする。セプテンバーは中にいて、緩んだ壁を蹴り、目を見開き、左右の脚で交互に跳ねている。わたしは手を伸ばして彼女に触れようと、しがみつこうとする。少しのあいだ彼女を落ち着かせることができたら、どんな言葉をかけるだろう。小屋には朽ちかけた木製のラケットがちらばり、壁は伸びてくる雑草の圧迫でもろくなっている。彼女のほうへ手を伸ばす。何か彼女の気をそらすことを、質問を口にしよう、あれを覚えているかと訊いてみよう——あるいは彼女の肩をつかんで、この計画がこぼれ落ちるまでゆさぶろう。

彼女の肩をつかんで、ここで起きたことが彼女の中からも、わたしの中からもこぼれ落ちるまでゆさぶろう。だけどセプテンバーは——手の届かないところへ跳ねていく。小屋からまた雨の中へ出て、だるそうな微笑をちょっとこちらへ向け、びしょびしょのテニスコートのほうへ歩いていく。わたしはドアにしがみついて見守る。わたしも外に行きたい。彼女を追って水浸しのテニスコートに向かいたい。錆(さ)びた大きな投光照明の一本が点灯していて、湿った空気に包まれ不気味に光っている。わたしは小屋の中にいたい。うずくまって、これが終わるまで待っていたい。少し離れたところで叫び声が聞こえたような気がする。こっちに向かってくるリリーたちかもしれない。セプテンバーは下生えの中を注意深く進み、片手を金網フェンスに走らせ、コートの入口をめざしている。わたしの胸の中で叫び声が高まってきて、あふれそうになり、口をワインのように満たす。セプテンバーはテニスコートに入り、深く溜まった水を蹴ってはね上げる。水は一瞬、投光照明のちかちかする光を浴びて空中で凍りついたように見え、次いで地面に落ちてくる。木が折れるような音がして、わたしは目を上げる。

　雨は猛烈に降り、わたしたちの周りで木々はゆさゆさ揺れて雨に打たれ、頭上では——頭上ではいまにも何かが動きそうな震えが生じる。コートの反対側の一本の木、フェンスのすぐ横にある木が傾き、その場から歩み去るかのように地中から根を持ち上げる。セプテンバーはげらげら笑い、ブロンドの頭をのけぞらせ、口をあけている。わたしは彼女の名前を叫ぶ、セプテンバー、気をつけて。彼女がこっちを向く。木が——音もなく斜めに倒れていき、いちばん大きな投光照明にぶつかり、地面からあっけなくもぎとる。ぐらつく金属柱の甲高いきしみ。瀕死の大木は横倒しになり、投光照明を古いフェンスの先のコートの水に叩きつけ、コートは一瞬——光に満たされ明々と輝く。湿ったものを燃やすにおい、煙のにおい。だれかが叫んでいる。セプテンバーの体が何かの力によって——あとになって、それが電気だったと知ることになる——後ろへそり返る。わたしは駆けていこうとするが、周囲で小屋が潰れかけている。壁が内側へ崩れ、わたしは中に囚われ、だれかが叫んでいる、叫んでいる、それは——だれかが叫んでいる——それはわたしだ。

第三部

シーラ

最初は学校から電話がかかってきた。受付係の声だとわかった。長すぎる間(ま)、鼻からすんと息を吸う音。彼女はとっさに思った――ジュライだ。ジュライの身に何かあったのだ（そしてそう、彼女はこう思ったかもしれない。セプテンバーがジュライに何かしたのだと）。だけど結局のところ、ジュライではなかった。

学校までのドライブ。嵐の中では危険だ。雨で見えない車線からはみ出しては戻り、薄闇の中にぼんやり浮かぶ赤信号を突っ切る。疾走する車がいきなり向かってきて、間一髪でよけていく。あのとき彼女は何を考えていたのだろう。ハンドルを握り、通り過ぎる車の運転手に罵声を浴びせながら。彼女は娘の父親のことを考えていた。彼と初めて会ったコペンハーゲンの夏のことを。バーで友人と座っていたテーブルに近づいてきて、理解できない言葉で話しかけてきた男。あとになって完璧な英語で彼は言った――きみに町を案内したいな。もっとあとになって、完璧な英語で彼は言った――きみといっしょに住みたいな。紳士気どりで彼女のカバンを手元からさらい、彼女のためにドアをあけ、彼女の唇を軽く叩いて何も言わせなかった。

もうすぐ学校に着く。最後の角をショートカットしたせいで、サイドミラーが割れる音がした。セプテンバーのことを考える。最初の子、パチパチと音を立てる稲妻の髪をした子供、父親の目、子供の柔らかな口の中に父親の声の抑揚、父親の決断力と貪欲さ。まるで彼が死んでおらず、どうやってか子供の皮膚の下に溶け込んだかのよう。そんなことを考えるのはフェアではなかった。車が縁石に乗り上げてどさっと落ち、舌を嚙んでしまう。彼女が最初に産んだ子、走り回る暴力、鼻血まみれの子。ジュライは凧のようにひっぱられていた。セプテンバーを見ていると、ときおり不安があまりにも大きくなって、その不安に肩をつかまれ、持ち上げられてどこかへ運ばれていくような気がした。

セプテンバーは父親の娘だった。幸せな生活の敷居に影を落とす不安。

ドアの把手はいつも闇の中で回された。夜中に。彼女たちがどこの家に隠れていようとも。スイミングプールに浮かぶ彼の体のイメージ、水にふやけ、目を見開いている。それでもなお、彼女は夜中に起きていてドアと窓を見張り、こう考えていた——たとえ死んでいたって、死んでいたって、死んでいたって。

学校は救急車の緑と青のライトに照らされていた。車の中にいても、ストレッチャーがステップをがたがたと下りてくる音が聞こえた。ひょっとしてこれはセプテンバーのいたずらかもしれない。例によって度を越してしまった悪ふざけ。お子さんは何人ですか。一人です。どうして子供は一人でいいと決めたんですか。決めてません、決めてません、決めてません。救急車の開いたバックドアの向こうにジュライの顔、彼女が肩に巻きつけた消毒薬のにおいのする毛布、きょろきょろする目がシーラの顔を見つけ、かつてなかった様子でそこにとどまっている。

シーラの母親が亡くなったときは、銀行口座を解約し、インドの家を売り、本や台所道具をより分けねばならなかった。けれど娘というのはほとんど何も残していかない。やることを与え、日々を埋めてくれるガラクタをあとに残さないとは、いかにもセプテンバーらしかった。彼女の寝室——ジュライのでもある——はきちんと片付いていた。ソファの上にはセプテンバーが読んでいたのかもしれない本、冷蔵庫には彼女の食べかけとも、そうでないともつかないヨーグルト。屋根裏部屋には箱がいくつか——中身は通知表や、セプテンバーが子供のころ描いた、全部の魚が茶色と黒で塗ってある絵。洗濯籠には衣類、薬戸棚には毛抜きが一本。シーラは見つけたものを全部ベッドに並べ、そういう忘れられ、とり残されたもののあいだで横になった。根気よく待っていればセプテンバーが探しに戻ってくるだろう。泥だらけの足で静かな家の中を通り抜け、ベッドに入ってきて彼女のとなりに横たわるだろう。胸の痛みは母が死んだときとも、ピーターが死んだときとも違っていた。どちらのときも、つたない手つきながら悲しみを細分化することができた、少しずつ削って小さく分けることができた。セプテンバーを失うのはそれとは違っていた。一瞬たりとも何が起きたか忘れることはなかったし、その記憶の圧力が腕の中を行き来し、腹で丸くなり、髪にもつれ、小さい瘤のように皮膚に食い込むのを感じないときもなかった。シーラはベッドに横になり、セプテンバーが戻ってくるのを待ったが、いつまでも寝ているわけにはいかなかった。彼女にはもう一人、娘がいた。

ジュライの存在が、シーラをオックスフォードの自分のベッドから引きはがし、服を身につけさせた。シーラは歯を磨いた。彼女にはもう一人、娘が残されていた。ところがジュライは、セプテンバーの服を着てキッチンテーブルの前に座り、セプテンバーの声でしゃべり、セプテンバーの疑り深い目でシーラを見上げてきた。昔からずっと、ジュライはシーラの娘らしく見え、セプテンバーはそう見えなかった。三人で通りを歩くと、人々が金髪で色白のほうの娘に目を向け、シーラがさらってきたのかと思っているのがわかった。だれかが亡くなったとき、その人間は残された者の中で生き続けたりしない、ただ消えてしまうだけだ。シーラはジュライに料理を作り、髪を梳かしてやり、何が起きたのか説明しようとしたが、ジュライには聞こえていないようだった。とはいえ、他人を説得しようとする資格がシーラにあるのだろうか。いまだに家の中で物音がするたびにセプテンバーだと思うし、だれかが玄関に来たり電話をかけてきたりするたびに、セプテンバーの姿を、彼女の声を予想してしまう。〝ちょっとふざけてただけ、うまくいったと思わない？〟

これはセプテンバーが言うことをきかず、しかめ面で座っていた階段。これはシーラが娘たちの背丈を記録した壁、セプテンバーのほうが常に少し高かった。これはセプテンバーが一度ぴしゃりと閉めて、もう一度——おまけだったとあとで言っていた——ぴしゃりと閉めたドア。これはセプテンバーが折れた椅子の脚であけた穴、そしてそう、あのとき彼女は大目玉をくらった。これはセプテンバーがいちばん気に入っていて、ほかのだれにも使わせなかったグラス。ジュライが寝室で独り言を言っている。これは＊＊＊したとき、これは＊＊＊した場所、これは壁、床、腰かけ、テーブル。

　蘇ってくる小さな思い出。セプテンバーがバラの繁みの中に転んで、シーラが棘（とげ）を抜いてやるあいだ、口を結び、頬を濡らしてソファに横たわっていたこと。セプテンバーがお腹の中で暴れ、とりわけ夜にはちっともじっとしていなかったこと。早朝、牛乳をとろうと屈み込んだはずみに押し寄せてきた最初の陣痛。歯の妖精についての口喧嘩、セプテンバーの顔、抜けた歯を手放すまいと握り締めていた指。

　最初の陣痛が来たとき、シーラは目を固くつぶり、収まるようにと願った。ピーターは寝室でラジオを聞いていた。二人は一か月前から〈セトルハウス〉で暮らしていた。彼と出会ってたった三年余りだったが、すでに関係は悪化していた。シーラはよくバスルームに行き、ドアをロックして何時間も閉じこもり、ピーターが出ていくかと様子をうかがっていた。その日ピーターは外出し、セプテンバーはシーラの中から家の中へ現れ、シーツは血で柔らかくなり、後産は部屋の隅に投げ捨てられ、ちっちゃな赤ん坊は震え、シーラの指を放しては握り締めた。その日、家はいつもと違って見えた。シーラはあの家をさほど好きではなかったが、そのときは好きになった。彼女とあの家は、小さな新しい存在が世界にやってくるのをいっしょに待っていた。輝かしい産声（うぶごえ）をあげるセプテンバーの周りへ、壁がぎゅっと縮まってきた。〈セトルハウス〉でのセプテンバーの思い出はいくつかあるが、それらはオックスフォードでの思い出と違って、ほとんど痛みを伴わないようだった。〈セトルハウス〉にいるほうがましだろう。娘を追悼できる場所があるとしたら、それはあの家だ。

彼女の娘の内側に、割れた瓶のように埋まっていたピーター。人を操ることも、むごい仕打ちもできた彼女の娘。ときには妹を容れ物のように扱い、持ち運び、手にとっては元へ戻し、すべてを妹の中へ注ぎ込んでいた。

シーラがまだ幼かったころ、よく母親の財布から小銭をくすね、腕やお腹の柔らかい部分に当ててこすりつけた。夢の中の不安が昼間もどこかに潜(ひそ)んでいて、いつも不思議に思ったものだ――歩き回って人と会話し、うわべを繕って生きることに、耐えられる人なんているのだろうか。医者が処方した薬のせいで頭の働きが鈍(にぶ)くなった。おかげで十代のあいだは麻痺(まひ)したように過ごし、何時間も無駄にしてしまった。薬をやめると彼女と悲しみのあいだの距離は広がったが、悲しみはあいかわらずそこにあり、いつまでも去らず、陽炎(かげろう)の中でぼんやりしていた。ピーターといっしょにいると、悲しみがまた近づいてきて、日々の調子が狂い、ふたたび快復できるとはとうてい思えなかった。そしていま、そう、それはここにある。昔からなじみの存在が、使い古しの建物に収まろうとしている。青い不安が忍び込む。彼女の口と耳を通って、肌を通って、彼女の中にまっすぐ入ってくる。いまだかつてないひどさだ。当然ながら。

彼女の最初の子供は死んでしまった。

〈セトルハウス〉のベッドはにおったが、彼女は体をそこへ引き上げ、頭から羽根布団をかぶった。すると絶望が大量の羽虫の群れのように訪れ、彼女を覆い隠した。どこで自分が終わって家が始まるのかわからない。どこで家が終わって自分が始まるのかもわからない。

夜中に起きた。台所でジュライにチリビーンズを作ろうと、暗闇の中で調理したが、玉ねぎを一個切るだけで疲れ、ニンニクを包丁の腹で潰したら力尽きた。背後の居間では、ソファがまるでだれかが座ったような音を立てた。スプーン一杯のチリビーンズを食べ、また赤ん坊を産むことにしたらどんな気分か想像しようとした。セプテンバーの呼ぶ声が聞こえたとしょっちゅう思ってしまう。ピーターが視界のすぐ外にいて、彼女が眠るのを待っているとしょっちゅう思ってしまう。悲しみが戻ってくるとき、ピーターはそれといっしょにやってきて、常にその場にいる。死者が死んでいたことは一度もなかった。

起き上がって、〈セトルハウス〉の絵を、セプテンバーが家の中を歩き回っている絵を描いた。ベッドはシーラを正しい位置にとどめてくれる、あるいはシーラがベッドを正しい位置にとどめている。

セプテンバーのときは安産で時間もかからなかったが、ジュライは胎内で横になり、頭を守るように腕を巻きつけていたせいで、緊急帝王切開になった。奇妙な感覚——セプテンバーのときの、締めつけるような痛みとはまったく違っていた。手術室は人でいっぱいで、マスクをしていたため見分けがつかなかった。一人はピーターであるべきだったが、彼はまたしてもその場にいなかった。どこにいるのかよくわからなかった。仕切りが置かれてシーラを半分に分けていた。彼女は思った——医者たちがしていることが見えたらいいのに。いつ赤ちゃんをだっこできそうかわかったらいいのに。彼女の中で手がさざ波を立てる感覚があり、途方もない圧迫感が訪れて去っていった。次の瞬間、赤ん坊は外にいて彼女の胸に乗せられていた。皮膚はいやなにおいの柔らかなクリームに包まれ、目は油断なく見開かれていた。

娘たちが幼かったころ、自分の中にさまざまなものを収めるのはどういう感じか書きたいと彼女は思っていた。肉と皮であり、同時にモルタルと漆喰（しっくい）であることがどうして可能なのかを。〈セトルハウス〉にも、当時のオックスフォードの家にも哀れみを覚えていた。騒音や痛みに満たされるのがどんな気分か、以前よりよく理解していたし、なぜ壁がときおり潰れたように見えるのかも理解していた。出産を終えたあとのシーラは空っぽにされた気分だった。まるで愛されていた家が冬のあいだ閉め切られたように。

きわめて長いあいだ、自分の体は自分のものではないという感覚が続いていた。娘たちの父親と暮らした時期の終わりごろはそうだったし、娘たちが胎内にいて、止めようもなく彼女を膨らませ、彼女の体を休憩所として使っていたときもそう感じた。のちに〈セトルハウス〉で、シーラは自分がこれから書く本、これから描く絵を想像した。その本の中では黒っぽい髪の女が、自分の皮膚が重く崩れやすくなるのを見つめ、脚が煉瓦（れんが）に、腕が煙突に変わるのを感じる。

実際には書かなかったし、この先も書くことはないかもしれない。また何か書くようになるかも定かではなかった。

それとも彼女は、死んだあの娘のことを書くのだろうか。いまはまだ考えられないが、いつかそんな日が来るかもしれない。十七年近く、二本の糸が彼女の体から世界の中へ出ていき、彼女と二人を結びつけていた。いまも糸が一本切れたという気はしない。ただ、その糸は彼女が追っていけない場所に行ってしまった。そんなことあっていいものか。そのへんのスーパーに入っていって、目につくガラス製品を残らず割ってやりたい。世界の終わりを引き起こしたいし、できるなら時間の始まりを見つけてそこからたぐっていき――影響なんかどうでもいい――死んだ娘がオックスフォードのあの家に現れる時点からやり直したい。あの家での一家の幸せは、はかないけれど常にそこにあった。必要なら自分の肉を一ポンド差し出してもいい。かつて理不尽ですさまじい存在があったところに、もはや空白はないと知るためならば。

子供たちに満たされていた、かつての日々を夢に見る。警告などなかったところに警告を見てとり、くり返し考える――なぜ止めなかったのかと。セプテンバーが幼児のころいつも食べ物を床に捨てていたことには、何か意味があったのだろうか。セプテンバーが母乳を飲みながらシーラの髪をよくひっぱったことには意味があったのだろうか。初めて保育園に行った日、ほかの子みたいに泣き叫ばず、ふり返らずに園舎の中へ歩いていったことには意味があったのだろうか。彼女の父親が、愛と酷似した憎しみを持つ男だったことには意味があったのだろうか。

ジュライ

1

どのくらい時間が過ぎたのか、あまりはっきりしない。

冷蔵庫から牛乳を出して、瓶からじかに飲み、胸にこぼしてしまう。牛乳がぽたぽたと床に垂れる音。

彼女は死んでしまった。

だけど、セプテンバーを殺せるはずがない。

バスルームの鏡の中に彼女を探す。彼女の姿が見える。素早く動き、愛情のこもった恐ろしい顔でわたしを見つめてくる。彼女の姿が見える。わたしは肩ごしにふり返り、彼女をつかまえようとする。み、つ、け、た。彼女はいない。鏡のセプテンバーが大笑いする。

わたしの体内の庭にある隠れ場所から、記憶が姿を現す――何か月も何か月も何か月も一人きりだった。セプテンバーのいない冷たいベッドで眠り、頭がおかしくなって、彼女がそこにいると思い込んだ。海岸でも家でも車の中でも彼女の声でしゃべった。一人で〝セプテンバーは言う〟をして遊んだ。一人で食べ物を食べた。自分に話しかけていた。

倒れかけたわたしを洗面台が受け止め、床が支えてくれる。彼女は死んだ。彼女は死んでない。彼女は死んだ。彼女は死んでない。

床に頰を当てる。そう。そうだった。彼女は死んでしまった。胸の中で何かがはためいている。あのとき翼をばさばさと開いたり閉じたりして、壁から無理やり出ようとしていた鳥みたいに。彼女がいなかったら、わたしは一人の人間ではない。姉さんはブラックホール、姉さんは倒れてくる木、姉さんは海。

こんな思いをするなら、気がふれたほうがましだ。気が狂ったほうがましだ。

しばらく落ち着きをとり戻す。居間に引き返し、ソファに座り、床に倒れているジョンを見つめる。ひどく幼く見える。赤い髪とそばかすのある肌、口をあけた寝顔。わたしはいま起きていることのように思い出す。海岸にいて、自分が彼を求めていると知り、彼もわたしを求めていると知ったこと。セプテンバーはそこにいなかったが、わたしはなぜか彼女のように自信たっぷりに、無頓着にしゃべっていた。ワンピースを頭から脱ぎ、海に入り――なんて冷たかったんだろう、ぴりぴりする塩水、ジョンの舌とわたしの舌、脚の裏に当たるざらざらした砂、高まって引いていく痛み、重なり合った胸の乱れがちな鼓動。

体を動かそうとするが、かつてわたしに属していたものは一つとして、指示したとおりに動こうとしない。セプテンバーがここにいたら言うだろう……セプテンバーがここにいたら笑うだろう……セプテンバーがここにいたら何一つ許さないだろう……バスルームに戻り、吐くかもしれないから便器の前に立ち、彼女が髪を後ろで押さえてくれるのを待つが、彼女はそうしてくれない。そして彼女はそうしてくれず、そうしてくれず、そうしてくれず、この先二度とそうしてくれない。

ベッドにいる。階下におりる。ジョンはいなくなっていて、玄関のドアはきちんと閉まっていない。セプテンバーを除いたら、ここにはだれもいなかった。わたしですらいなかったようなものだ。わたしは四本の指を口に突っ込み、関節を噛む。腕をかき、その気持ちよさと気持ち悪さに歯をむき出す。斑点はまた一気に大きくなり、いまでは肩を包んでいて、触手が胸を這い、曲がりくねって顔に向かってくる。

これからどうしたらいい？　セプテンバーが言う——しっかりして、ジュライ虫。彼女は言う、うじうじしないで。彼女は言う、そんなにへそを曲げるなら崖から飛び下りなよ。わたしは壁に近寄り、漆喰に指を押し当ててつぶやく、わたしを身代わりに。かわりにわたしを。

家の中の光が変化する。わたしの思考は一つの結論から別の結論へと移っていく。セプテンバーは死んでしまい、最初からここにはいなかったのだ。わたしが彼女のものだと思い込んでいた考えは、ずっとわたしの考えだった。ここ数日の出来事の意味が明らかになる。わたしの頭は空洞でいっぱいのように思える。彼女がそばにいない状態で、彼女の体に枠の外へ押し出されずに、自分自身を見たことはなかった。目の端で見ていると、何かが動くのが見えたような気がする。それは部屋の中ではなく、なぜかわたしの中にいて、皮膚の下を這っている。しがみついていよう。決意とも呼べない決意が頭から去らず、やがて確かなものになる。わたしは彼女をここにとどめておこう。

セプテンバーがやったあらゆる悪いこと。わたしに血を使って約束をさせた。わたしの誕生日を自分の誕生日と同じにした。わたしの自転車を壊した。母さんにひどい態度をとった。わたしにも母さんにひどい態度をとらせた。わたしに香水を万引きさせた。わたしを転ばせた。わたしを水の中に押さえつけた。わたしの眉を片方剃り落とした。ほかにもたくさんあって、リストには収まりきらない。

セプテンバーがやったあらゆるよいこと。わたしを愛してくれた。わたしの面倒を見てくれた。わたしだった。

2

セプテンバーが生きていて、わたしたちが二人とも、お気に入りのテレビ番組の登場人物だという白昼夢に囚われる。セプテンバーはハドリー、ポケットに青いゴム手袋を入れていて、写真記憶の持ち主だ。わたしはベル、片眼鏡をかけていて、つかえながらしゃべる。わたしたちはオックスフォードのカレッジのあいだを走る地下道の中にいる。ハドリーは二人で発掘した古い地下納骨所で溺れ死んだ。わたしはしばらく一人きりで、犯罪の解決を試みては失敗するが、そのうち彼女を蘇らせる方法を突き止める。自分の肋骨(ろっこつ)を一本とり出し、ボドリアン図書館のすごく古い本で見つけた古代エジプトの秘術を用いるのだ。蘇生後のハドリーはしばらく様子がおかしく、死を引きずっている。舌足らずな口調でしゃべり、彼女らしくないことを言う。だけどとうとう快復し、わたしたちは探していたものを見つけ出す。オックスフォードの街路の下、地下室や地下道や物陰に埋もれていたもの——わたしたちが求めていた答えを。

外は暗い。部屋から部屋へと移動し、明りを残らずつけて回る。頭痛がする。ひどい頭痛。両方のこめかみから広がって、帯のように頭をとり巻いている。ソファに横になり、頭痛が去るかと目をつぶるが、症状は悪化するばかりだ。二階の母さんのところに行き、何が起きたか話そうかと考える。セプテンバーは生きてると思ってたけど、いまでは死んだとわかっていると。だけど肩と胸に重いものが載っていて動くことができない。皮膚にかゆみがあり、もう少しではっきり感じられそうだ——斑点がさらに広がっていくのが。きれいな皮膚をえぐり、新たに損なわれた跡を刻んでいくのが。

彼女が死んでいたほうがいいのだろうか。両目の近くの皮膚に爪を立てる。髪をひっぱると、まぶたの裏で白い星がはじける。唇が切れるまで噛みしめる。太腿(ふともも)をひっかく。彼女が死んでいたほうがいいのだろうか。

〈セトルハウス〉は地中に根を張っている。セプテンバーは十歳のとき、二人で一つの誕生日を共有すると母さんに告げた。ときおり頭の中の言葉が乳歯みたいに緩(ゆる)んで抜け落ちるのを感じる——かわりにセプテンバーが彼女の言葉をしゃべれるように。セプテンバーはわたしの自転車のタイヤにドライバーを突き刺し、わたしたちは彼女の自転車に二人乗りした。ユニバーシティパークを抜け、道の間違った側を走り、ピット・リバーズ博物館の前を通り過ぎ、歩道を行く人たちにハイエナみたいな吠え声を浴びせた。言葉が乳歯だとしたら、セプテンバーはそれを収めた箱。彼女は言う、わたしの言うことを聞いて、ジュライ。彼女は言う、心配しないで、ジュライ。

両手が動いているのに、手の感覚がないと気がつく。指を握ったり開いたりしようとするが、指は反応しない。肘から下が麻痺している。舌は口の中のパンのかたまりのよう、爪先も感覚をすっかりなくしかけている。頭痛の帯はどんどん締めつけてきて、我慢できないほどで、やがてそれがふいに緩んでいく。

彼女がいなくなったいま、できることをあれこれ考える。好きなものを食べ、眠り、母さんとしゃべり、散歩にいき、見たいものを見て、海岸で会った子の中のだれかと友達になり、だれでも好きな子と友達になる。自由だ。

だめ。だめ。だめ。だめ。だめ。だめ。だめ。だめ。だめ。だめ。

だめじゃない。

セプテンバーは言う、息を止めて。一生止めていて。十六年間止めていて。セプテンバーは言う、あんたで火を熾（おこ）せるように暖炉に入って。セプテンバーは言う、ここにナイフがある、わたしがあんたの中で生きられるように、お腹に穴をあけて。

どこでも行きたい大学に行く。どこでも住みたい町に住む。テレビで見たい番組を見る。チョコレートとリンゴと唐辛子とマーマイト（酵母エキス。トーストに塗る）とミンスミートを食べる。

3

わたしたちは十一歳で、日蝕（にっしょく）を見るのを楽しみにしている。日蝕はYouTubeで見たことがあるし、ウィキペディアでもそれについて読んだ。蝕というのは、ある天体の光が別の天体の通過によってさえぎられること。わたしたちはオックスフォードの家の客用寝室にいて、そこは暑くて風通しが悪い。垂木（たるき）のあいだにクモの巣がびっしり張っている。母さんは書斎で仕事をしていて、わたしたちがここにいるとは知らない。だれもわたしたちがここにいるとは知らない。セプテンバーはカッターナイフを武器みたいに構えている。台所から持ってきたシリアルの段ボール箱に穴をあけようと、もう途中まで切ったところだ。

あとはジュライがやる？

わたしは首を横にふる。セプテンバーはカッターナイフを差し出していて、すり傷のついたプラスチックの持ち手から刃が突き出している。

やりなよ。でないとあたしたち二人のものにならない。

わたしはカッターナイフを受けとる。セプテンバーが絶対に引かないと経験からわかっているのだ。通りの向かいに並ぶ家の一軒で、前庭のオークの大木を切り倒していて、ウィーンというチェーンソーの音が聞こえ、外の空気はおがくずでいっぱいだ。わたしは段ボール箱を母さんの書斎で見つけた廃材の上に置き、刃を押し当てる。力がそれたのか、手が震えていたのか、刃は段ボールを切り裂いて勢いよくはみ出し、わたしの親指がすっぱりと、大した痛みもなく切れてしまう。破れた皮膚を見ていると血があふれてくる。体の力が抜けて、膝がへなへなになるのを感じる。

心配しないで、とセプテンバーが言う。カッターナイフをわたしの手からとり上げ、自分の親指の腹にぶすりと突き刺す。やがて刃の周りに血が湧き出てくる。ほらね、なんにも心配要らない。セプテンバーはわたしに向かって笑い、そのあと口をつぐむ。

そのとき、何かが起こるとわかる。彼女の親指から流れる血は両手全体を汚し、ピンホール投影機にもこびりついて、段ボールの上だとひときわ黒ずんで見える。セプテンバーは両方の頬に親指をこすりつけ、戦傷の血の跡を残し、同じことをしろと身振りで促すが、わたしは動けない。セプテンバーはカッターナイフに手を伸ばして持ち上げ、薄い金属の刃を自分の喉に当てる。皮膚にしわが寄るのがわかる。

あたしが死んだら、ジュライも死ぬ？　と彼女は言う。

そういうことを彼女が訊くのは初めてではない。〝あたしがさらわれたら、ジュライが自分を身代わりに差し出す？〟〝そっくりさんがここにいたら、あたしじゃないってわかる？〟〝あたしが手や足をなくしたら、ジュライも自分のを切り落とす？〟もちろんそれに対する答えはたった一つしかない。

うん、とわたしは言う。自分が死ぬだろうとわかっている。

セプテンバーがカッターナイフを置くと思ったのに、彼女は動かず、その目はすごく色が薄くて、庭の端で光っている猫の目に似ていなくもない。

もしもあたしたちのどっちかが死ぬとして、どっちが死ぬか選べるとしたら、あたしのかわりに死ぬ？　と彼女は言う。

わたしは舌がもつれるのを感じる。

うん、もちろんだよ。死ぬのはあたし。

約束する？

うん。する。

それ書いといて。セプテンバーがカッターナイフを脇に置いたので、わたしは少なくともそのことにほっとする。わたしはどんなことでも言っただろう、どんなことでもしただろう。

母さんの古いスケッチブックが入った袋がある。どのページもわたしたちの顔でいっぱいだ。

セプテンバーは探し回って鉛筆を見つけ、こちらへ手渡し、スケッチブックの白いページを開く。

それ書いといて。書けば約束破らないでしょ。

わたしは鉛筆を握り、しゃがんで書く。わたしたちの一人しか、生きられないとしたら、生き残るのはあなたです。

セプテンバーは紙をちぎってポケットに入れ、わたしを抱き締める。周り中から彼女のにおい。

4

階段の下へ行き、上ろうと考える。母さんのところに行って、何が起きたかわかったと伝えようと。だけど一段目に足をかけたところで動きを止める。空気の中の、あるいは血の中の変化。あの日のように、周り中からセプテンバーのにおいがしてわたしを包み込む。目の前の階段がかすんで、一段一段が見分けられない。これから訪れるあらゆること、この先起こるあらゆることを考える。足が震える。怖くてたまらない、この可能性のすべてが。悲しみ以外のものを抱くのは怖くてたまらない。だけどわたしは学校を卒業することを考える。もしかしたら大学に行き、そのあとは好きな仕事についたり、旅行をしてだれかと会ったり、ひょっとしてその人と暮らしたりする。またセックスを、今度はもっといいセックスをすることを考える。料理を覚えたり、彼女が読みたがらなかった本を読んだりもする。そして一つ一つの言葉、起こり得る一つ一つの結果のあいだに埋もれているのはこの決意——わたしはあなたを手放す。とどめてはおかない。わたしは生きる。

わたしはまた階段を上り、廊下を進み、母さんの部屋のドアをあける。羽根布団は厚く、寝ていた母さんの体は温かい。わたしが寄り添って横になると母さんは言う。どうしたの、ジュライ。どうしたの。

母さんのにおいがして、その下からセプテンバーのにおいもする。

どうしたの。母さんはわたしの頰に頰を寄せる。昔こうしてもらったのを覚えているが、ずいぶんひさしぶりだ。母さんの中にセプテンバーが見える。鼻と口の形の中に。母さんのまばたきのしかたにさえ。言わなくてはいけないあらゆることを、どうやって伝えたらいいのだろう。どこが始まりなのかわからない。それはあの日のテニスコートに埋もれている。崩れた小屋の残骸の中に、注射器が投げ出され、シーツに染みのついていた救急車の中に。自分がずっとセプテンバーの幽霊を首に巻きつけて生きていたのだと、どうやって話したらいいかわからない。

セプテンバーは死んだの、とわたしは言う。

悲しみとは窓もドアもなく、時間を知るすべもない家だ。腕を母さんの体に乗せ、背中にすり寄って眠っていると——夜中には、闇の中では——母さんの肩もわたしの口に入る髪の毛も、だれのものだろうとおかしくない。セプテンバーのものかもしれない。何もかも停止し、内側ですべての明りが消え、食べることもトイレに行くことも、ちゃんと眠ることさえしなくてい い——わたしは眠ることとしかしていないようだけど。毛布をかぶった自分の体のにおい、アイドリング中の車のように家がカタカタと待機する音。ある夜、目が覚めるが理由がわからない。寝返りを打って、びしょびしょのパジャマのズボンが脚に張りついているのを感じる。自分の尿のにおい、体の下で濡れているシーツ。額の中心に頭痛の大釘、それが深く突き刺さってくる。カーテンを引いていない窓から月の光が差し、母さんが運んでくるバケツの水を照らし出す。わたしの腕と脚をこするスポンジ、ベッドからはがされ、丸められるシーツ、アンモニアのにおい。母さんの手、スポンジを水に浸し、固く絞り、わたしの髪をかき上げ、うなじにぬくもりを与える。

わたしたちはチーズと玉ねぎのサンドイッチが好きだった。『33』という番組とデヴィッド・アッテンボローが好きだった。海が好きだった。車での長旅が好きだった。本の意外な展開を先に読むのが好きだった。ベイクトビーンズを載せたトーストが好きだった。くすねたワインが好きだった。長風呂が好きだった。『デザート・アイランド・ディスクス』が好きだった。朝寝坊が好きだった。包みに残った最後のビスケットが好きだった。焚き火が好きだった。ソファが好きだった。居間に張ったテントが好きだった。庭で見つけたものが好きだった。インターネットが好きだった。白いワンピースに黒いタイツを合わせるのが好きだった。万引きした香水が好きだった。誕生日が好きだった。ケーキが好きだった。脚をむき出しにしているのが好きだった。約束が好きだった。「ホワッツ・ユア・ネーム」という歌が好きだった。ポテトチップの袋の底の塩が好きだった。一本のマフラーをいっしょに巻くのが好きだった。父さんがいないのが好きだった。友達がいないのが好きだった。雨が好きだった。校庭が好きだった。

ある朝、もうベッドでサンドイッチを食べてはいけないと母さんが言い、わたしと口論になる。

母さんにはわからない、とわたしは言う。母さんにはわかるはずない。ほっといてよ。

母さんは羽根布団をはがして床に放り出し、布団は母さんの脚の周りでくしゃくしゃになる。ちゃんとわかるよ、だけどわたしたち、とにかく起きなくちゃ。あんたが衰弱しちゃう。母さんがカーテンをあけたので、ベッドに光が差し、目が痛くなる。セプテンバーもこんなこと望んでないはずだよ。

なんにも知らないくせに、とわたしは思うが口には出さない。母さんはお茶を淹(い)れにいく。わたしは日数を数える。彼女が死んだと理解してから一週間近くたっている。頭痛が歯ぐきから始まって上に広がっているみたいだ。母さんが一階から呼んでいる。一瞬、忘れることができて、次の瞬間、また何もかも思い出す。

　わたしたちはソファに座ってサンドイッチを食べ、熱すぎるお茶をすする。ディナーパーティみたいに堅苦しい。橋のようでもあり壁のようでもあるセプテンバーをあいだに挟まずに、どうやって母さんと話したらいいかわからない。

　ずっと宇宙にいて、たったいま地上に降りてきたような気分？　とわたしは訊く。

　そうだね、と母さんは言う。そう、いつもそんな感じ。

　ずっと宇宙食を食べて、宇宙トイレを使ってて、腕も脚も重力に慣れてないみたいな？

　そう。

　わたしたちは、女性宇宙飛行士が宇宙で髪を洗っているYouTubeの動画を見る。水が泡になってちらばり、漂(ただよ)っていくのを見て、母さんが甲高く笑う。セプテンバーの笑い声とそっくりだから、思わずきょろきょろして彼女を探してしまう。彼女がいると期待して、胸を高鳴らせて。母さんは散歩に行きたいと言うが、わたしは家の外に出ると思うと震えてしまうので、二人でソファに座ったまま、セプテンバーとわたしがやるように体を丸くしている。わたしは母さんに打ち明けようかと考える——セプテンバーが死んだと気づいたとき、それまでにないほど悲しかったのに、どこかほっとする部分もあったのだと。でもそんなこと口に出せるとは思わない。母さんは夕食用の冷凍ピザをオーブンに入れ、屈み込んで温度を確かめる。

ある日わたしたちは、車でホームセンターの〈ホームベース〉に出かけて買い物をする。ペンキ、額縁、二段ベッドのかわりの新しいダブルベッド、シダ一鉢、多肉植物一鉢、サボテン二鉢、ランプ、小さなテーブル、テーブルクロス、SとJのイニシャルがついているマグ、ワイングラス、花瓶、絵を掛けるフック、コーヒーメーカー、浴室用コーキング剤、漂白剤。わたしたちは家を塗り直し、絵を飾り、家具をあちこちへ動かす。

ある日わたしは、十分間セプテンバーのことを考えない。ある日わたしはまたしても、セプテンバーが生きていたらどんなふうだろうと考え、どっちがつらいか答えが出せない。

ある日わたしは、出願した大学から入学許可をもらう。志望校リストのトップに挙げた大学ではないが、最後に挙げた大学でもない。母さんがラジオをつけ、二人でわたしの持ち物をだいたい箱に詰める。母さんの手書き文字はほぼ判読不能だ。母さんは書く――チョーリキグ、ホン、シーツルイ、イルイ。何もかも車の後部座席に収まる。わたしたちはガソリンスタンドで停まってパスタサラダとキャロットケーキを食べる。二人が話題にするのは、セプテンバーなら大学で何をしただろう、わたしと彼女は同じ大学に行っただろうかということ。たぶんそうなっただろう。町の中では、ややこしい一方通行システムのせいで立ち往生させられ、わたしが車から歩道に荷物を降ろすあいだ、母さんはほかの運転手と大声で口論をする。

ある日わたしは思う。もしも彼女がここにいたら、わたしはこんなふうに行動していないだろう。わたしは公園を通って近道していて、そのときその考えが訪れ、肩にのしかかる。ベンチに座りたいが、脚は言うことを聞かない。足早に公園を出て、にぎやかな通りを進む。排気ガス、鳴り響くスマホの着信音、だれもがある方向かもう一つの方向へ歩いている。さっきの思いは広がっていく。ほらここに。ここに真実が。もしも彼女がここにいたら、わたしはこんなふうに行動していないだろう。もしも彼女がここにいたら、わたしは生きていられなかっただろう。

5

これは実際に起きたことではない。
これ
は
実際に
起きた
ことではない。

わたしの周りで〈セトルハウス〉が口をあんぐりあける。わたしの足は階段の一段目にかかっている。右手は手すりを握っている。反対の足も階段に乗せようとするが、何かがわたしを押しとどめる。長いことここに立っていたように口の中がからからだ。涙が湧いてきてすぐにこぼれ落ちる。約束した、とわたしは思う。忘れてはいないと。だけどその考えは混乱していて、わたしの考えとは言い切れない。その言葉の後ろに何かが居座っている。視界のすぐ外に、何かの動きが。わたしは約束した、その言葉は大きくなり、頭に満ち、堅く分厚くなる。わたしは思う――愛してる、愛してる、愛してる。口が勝手に開くのがわかり、その言葉が目の前の空間に絞り出される。愛してる愛してる愛してる愛してる。

そのとき、ひんやりした呼気さながら、セプテンバーが自分の中に入ってくるのを感じる。彼女の訪れは優しくなく、穏やかな意図も感じさせない。姉さんはブラックホール、姉さんは煉瓦で塞（ふさ）いだ窓、姉さんは火事になった家、姉さんは自動車事故、姉さんは長い夜、姉さんは諍（いさか）い、姉さんはここに。セプテンバーがわたしの口を閉ざしている。このとき初めて、あのとき彼女にした約束が、その正確な意味が理解できる――わたしたちの一人しか、生きられないとしたら、生き残るのはあなたです。わたしの腕はあなたのもの、わたしの脚はあなたのもの、心臓と肺と胃と指と目はあなたのもの。セプテンバーは歌のようになじみ深く、わたしの手は勝手に持ち上がり、脚はかちっと気をつけの形になる。一瞬、だめ（だめだめだめだめだめだ

めだめだめ）と思うけれど手遅れだ。わたしの中に別の人間がいて、わたしの口を使ってしゃべり、わたしを押さえつけている。

6

もしも脳がたくさんの部屋を持つ家ならば、わたしは地下室で暮らしている。そこは暗くて静かだ。ときおり頭上でものが動く音がする。水が管を流れるような、何かがゆっくりと消化されるような音。ときおり明るい光が差し、わたしの住んでいる場所が照らし出される。目に入るのは狭苦しい隅と、階段下のスペースと、ちょっとした隙間ばかり。壁は触れると湿っている。わたしはこの場所に合わせて小さくなり、海辺の丈の高い草の中で繁殖するヨーロッパクサリヘビのように細長くなった。

もしも脳がたくさんの部屋を持つ家ならば、セプテンバーは地上の部屋という部屋に住んでいる。部屋はどれも教会のように広く、彼女はそれに合わせて育ち、膨れ上がっていく。彼女の思考は霧笛（むてき）なみの大音量で、鐘のように部屋べやに鳴り響く。セプテンバーの部屋べやがどんな外見か知らないが、想像の中でそれは海岸だ。引き潮、何マイルも続く砂、果てしない水。

ときおりアリの飼育キットを思い出す、あれはこの地下室のようなものだったと理解する。どこもかしこも崩れていき、どのトンネルもわたしが這い出した直後に潰れてしまう。

ある日曜日の朝、わたしはケーキを焼き、一切れを一杯のお茶といっしょに庭に持っていく。陽が差していて、海のにおいと生い茂ったローズマリーの香りがする。さっき鏡をのぞいたら、髪には白いものが交じり、自分の顔が見分けられないほどだった。母さんを呼んだが家は空っぽだった。年数を数え、自分が何を逃してきたのか把握しようとしたが、それを知るのは耐えがたかったので考えないことにした。陽光の差す庭にいると、自分の中にセプテンバーの存在が感じられる。かすかな主張、念押し。テーブルの上で両手を組み、それを見つめ、この手は実際のところ、一度も自分のものではなかったと考える。セプテンバーが彼女の命を奪った嵐の中を歩いていく様子を思い出す。木々の幹のあいだで跳ね、空に向かって笑っていた。彼女は生きていた。あのころの彼女はあまりにも生きていたため、周りの人間から生命を盗んでいた。わたしは記憶の背景にいた。いないも同然、うっかりついた色、単なる影。そしてもっと昔、わたしたちが幼かったころ、本当に存在していたのはセプテンバーだけだった。わたしは付属物。セプテンバーの妹。

思考がぼやけて曖昧になっていく。セプテンバーがわたしの中で身じろぎし始めている。わたしは目を閉じる。最初からずっとこうなるはずだった。こうなる以外あり得なかった。あの日、わたしがああなればよかった。セプテンバーがささやき、身を起こすのが聞こえる。わたしはずっと昔に約束をした。何を約束したのか。持てる限りのものを。ほら、それがここに。いまそれを広げてみせる。ここにわたしの持てる限りのものが。

謝辞

お礼を言わなくてはいけない人が多すぎて、ページに収まりきらないほどです。この本の誤りはどれもわたしの責任です。うまくいった部分は、以下に挙げる方々がいなければ達成できませんでした。

リバーヘッド・ブックスのサラ・マクグラス。この本だけでなく、この次の本にもチャンスをくれてありがとう。この本を引き受けてくれたあらゆる出版社にも。

エージェントのクリス・ウェルビラヴは、忍耐とユーモアをもって、わたしが書くあらゆる言葉を吟味してくれます。この本はわたしのものであるのと同じくらい、クリスのものでもあるのです。

エイトケン・アリグザンダー社の皆さん。レスリー、アンナ、リーサ、アレックス、クレア、エイミー、モニカ。

編集者のアナ・フレッチャーがいなかったら、作品が書けるとは思えません。アナはいつも、混乱の中からアイディアを拾い上げ、埃（ほこり）を払い、光を当てることができるのです。

ミア、ジョー、スザンヌ、デイジー、ミカル。ジョナサン・ケープ社という船と、それに乗って航海する皆さん。

トム、キラン、サルヴァト、執筆においても人生においても、頼りになる人たちでい続けてくれてありがとう。

ジェス、ルーシー、ジェシー、ギャビー、ポール、ジョゼフ・ニック、ローラ、リック、マット、エリー、アメリー、ルビー。

スージー、マーティン、アンナ・ブラッドショー、わたしを家族の一員にしてくれてありがとう。わたしの祖父。

わたしの祖母の勇敢さと厳しさに感謝を。

ポリーとジェイク。

父のゆるぎなさ、愛、料理に。いつもそこにいてくれることに。

母が本当は見たくないホラー映画をいっしょに見てくれることに。あげる本を全部読んでくれることに。いつもそこにいてくれることに。

マットが人間だけでなく、本も引き受けると言ってくれることに。いままでにしてくれたこと、し続けてくれることの一つ一つに。わたしたちの前にあるすべてのことに。

書店の方々に。

どなたか存じませんが、この本にチャンスをくれたあなたに。

訳者あとがき

十か月違いで生まれた姉妹、セプテンバーとジュライ。我の強い姉は妹を支配し、内気な妹はそれを受け入れ、二人は他者を必要としないほど強く結びついています。学校で起きたある事件をきっかけに、姉妹と母親はオックスフォードからノース・ヨーク・ムーアズの海岸にぽつんと立つ古い家〈セトルハウス〉に引っ越してきますが、その家でジュライの身に異様なことが起こり始め――。

姉妹のいびつな関係を描いた本作『九月と七月の姉妹』〈原題 *Sisters* リバーヘッド・ブックス、二〇二〇〉は、英国の作家デイジー・ジョンソンの第二長編で、二〇二〇年のシャーリイ・ジャクスン賞長編部門の候補となり、ニューヨーク・タイムズ紙の「二〇二〇年の百冊」にも選出されています。

デイジー・ジョンソンは一九九〇年英国デヴォン州生まれ。ランカスター大学で英語とクリエイティブ・ライティングの学位をとったのち、オックスフォード大学サマーヴィル・カレッジでクリエイティブ・ライティングの修士号を取得しました。オックスフォード大学在学中から短編を発表し始め、二〇一六年に短編集 *Fen* をジョナサン・ケープ社から上梓（じょうし）。これは英国東部の湿地帯にある町で起こる出来事を描いた連作集です（ちなみに、本作で言及される映像作家のジャニュアリー・ハーグレイヴは架空の人物ですが、*Fen* の中の何作かにも名前が出てきます）。

二〇一八年には初長編の *Everything Under* を同社から刊行、史上最年少のマン・ブッカー賞候補になりました。本作に登場する姉妹の母親、シーラと同様、オックスフォードのブラックウェル書店で働いていたジョンソンですが、候補になったことをきっかけに執筆に専念できるようになったそうです。パブリッシャーズ・ウィークリーの内容紹介によれば、*Everything Under* は、オイディプス王の神話を下敷きにしており、十代で母親に捨てられた娘が、十六年後に認知症を患（わずら）った母親と再会するという物語です。

ハロウィーンの日に生まれたジョンソンは、幼いころからスティーブン・キングを愛読し、ホラー映画に親しんできました。ガーディアン紙のインタビューによれば、『九月と七月の姉妹』はホラーというジャンルへのラブレターとして書き始めたものの、執筆中にあからさまなホラー要素は抜け落ちていき、残ったのは〝家庭内における脅威〟で、その点ではシャーリイ・ジャクスンの影響を受けているとのこと。そんな本作は、家族のあいだでの支配と被支配の関係、父母から姉妹へと続くその連鎖を、支配される側の視点から描いています。家庭という狭い環境の中で人の支配欲はどこまで大きくなるのか、そこに愛情は存在するのか、支配される側は何を思うのか――読み手の胸にはさまざまな疑問が渦巻きます。

ホラーといえば、荒野にぽつんと建つ古家という舞台設定はいかにもホラー風ですが、本作の〈セトルハウス〉は、何かが起こる〝場〟にとどまらない、特徴的な描き方をされています。住人の営みを見つめ、熱を帯び、うめきをあげ、迫ってくる――まるで血肉と意思を備えた生物のように描写されているのです。シーラやジュライもそんな家の様子を敏感に受け止めており、〈セトルハウス〉は、物語のもう一人の登場人物として、怪しい存在感を放っています。この〝意思を持つ家〟というモチーフは、*Fen* に収められた短編にも登場し、作者にとって大きな意味があることがうかがえます。

推敲(すいこう)を重ねるたびに短くなっていったという本作ですが、凝縮された語りの中に浮かび上がってくるものは鮮烈です。わけてもジュライの一人称によるパートは、悪い夢を見ているような不安と緊張を孕(はら)んでいて、読み手を先へと促さずにはおきません。その張り詰めた語り口を味わっていただければ幸いです。

本作以外のジョンソンの作品としては、短編集 *Fen* に収録された二編をいずれも岸本佐知子さんの翻訳で読むことができます。

船乗りの夫からの音信が途絶えた妊婦の心情を描く「アホウドリの迷信（The Superstition of Albatross）」は雑誌『MONKEY vol. 23』（二〇二一）に掲載されたのち、同タイトルの単行本『アホウドリの迷信　現代英語圏異色短篇コレクション』（岸本佐知子・柴田元幸編訳、スイッチ・パブリッシング、二〇二二）に収録されました。また、食べるのをやめた姉の姿を妹の視点から描く「断食（Starver）」は『MONKEY vol. 25』（二〇二一）に掲載されています。いずれこの *Fen* の全訳や *Everything Under* の邦訳も読めるようになることを願っています。

九月と七月の姉妹

著　者　デイジー・ジョンソン
訳　者　市田泉

2023年6月30日　初版

発行者　渋谷健太郎
発行所　（株）東京創元社
〒162-0814　東京都新宿区新小川町1-5
電話　03-3268-8231（代）
URL　http://www.tsogen.co.jp

装　画　榎本マリコ
装　幀　岡本歌織（next door design）
印　刷　萩原印刷
製　本　加藤製本

ISBN978-4-488-01126-0 C0097